公爵閣下の復縁要請
没落令嬢ですが元カレ公爵に求婚されました!?

東 万里央

Illustration
Fay

JN056450

gabriella books

公爵閣下の復縁要請
没落令嬢ですが元カレ公爵に求婚されました!?

contents

第一章　女教師、元カレに求婚される

島国のブリタニア王国の夏は春以上に花々に溢《あふ》れる季節だ。

色とりどりのバラにツツジ、落ち着きのある青紫のフジにアジサイ、ラベンダーで全土が埋まる。

中でもラベンダーは安く育てやすく増やしやすいため、一般家庭や財政に余裕のない機関の庭にもよく植えられていた。

もちろん、レオノーラが教師として勤務する教会付属の聖ブリジット女学校の校庭にも。

七月は夏季の学期が終わったところで、新学期となる秋期の九月までは二ヶ月休講になる。だから、赤レンガがところどころ崩れたボロボロの校舎に生徒の姿はない。

本来なら新学期の教育指導計画を立てねばならない。しかし、校長室に呼び出されたレオノーラはそれどころではなくなっていた。

校長にとんでもない告知をされたからだ。

ワナワナと身を震わせながらその場に立ち尽くす。

「こっ……校長先生、今なんとおっしゃいました？」

花開いたばかりのバラのような長いピンクブロンドの巻き毛は、その美しさを見せることなく、地味に後ろで一つに束ねられている。煙る睫毛《まつげ》に縁取られた大きなエメラルドグリーンの瞳も、分厚い瓶底眼鏡が生き生きした魅力を覆い隠してしまっていた。

凹凸のくっきりした魅惑的な肢体も色気もへったくれもない、なんの装飾もない暗いビリジアングリーンのドレスでは、オールドミスに見えて男を魅了しようもなかった。

一方、修道服を着た校長は書斎机の上に手を組んで溜《た》め息《いき》を吐いた。

なお、その書斎机も何度も修理されていて、脚の一本は残る三本と色が違っている。ちょっと力を入れるとガタつき、今も右に傾いているのだが、校長も慣れているのか気にした風もなかった。

「本当にごめんなさい。もうあなたの賃金も払えなくて……」

「私の賃金くらいたいした問題ではありません！　それ以前に廃校だなんて冗談じゃありません！」

「私も嫌ですよ。ですが、資金がないんです」

教育には金がかかる。

しかし校長曰《いわ》く、近頃不景気のせいか町の富裕層からの寄付金が減り、この教会付属聖ブリジット女学校の維持が難しくなってきているのだという。

校長は「学校だけじゃないの」と肩を落とした。

「教会そのものも財政難で、王都の中央教会に援助を要請したんだけど、地方の弱小教会はみんなそうみたいで、順番が回ってくるのが相当、遅れそうで……」

その間の維持すらままならない財政難なのだと。

「そんな……」

レオノーラは真っ青になって頬《ほお》を押さえた。

現状、ブリタニア王国における平民向けの教育は教会が担っている。

男女を問わず五歳から十六歳までを対象とし、男女は性別で学校が分けられていた。

しかし、貧しい家庭にとっては子どもも貴重な働き手で、勉強よりも稼いでこいと仕事に送られ、学校に来ない子どもの方が多い。女子となると「女に学はいらない」という両親も多いのでなおさらだった。

読み書きができれば、計算ができれば就ける仕事の幅が広がり、より高い賃金を得られるだけではない。両親や夫に死なれても路頭に迷い、挙げ句身を売らずに済む。教育の成果で一人でも子を育てられる。

この国では女子教育が遅れていると我が身を以《もっ》て痛感していたレオノーラは、女子に教育が行き渡らないこの事態をなんとか打破したかった。

だからこそ大学を卒業後は聖ブリジット女学校の発展に力を尽くし、どれほど賃金が低くても平民の子どもたちに勉強の面白さ、素晴らしさを教育してきたのだ。

その甲斐あって成績がみるみる伸びて、将来更なる進学を希望する生徒も出てきたのに。

また、校長には大きな恩もあった。

大学の卒業式で事件を起こしてしまい、貴族社会から爪弾《つまはじ》きにされたレオノーラを拾い、広い心で受け入れてくれたのだから。

なのに――。

レオノーラはぐっと拳を握り締めた。

「校長先生、私がなんとかします」

「なんとかしますって……」

「これでも元貴族の娘です。なんとか伝手《つて》を辿《たど》って資金援助の約束を取り付けてきます！」

一度火の点《つ》いたレオノーラは誰にも止められない。

校長はそれをよく知っているはずだが、「む、無理しなくてもいいのよ」と一応止めてきた。

「教育熱心なのは嬉《うれ》しいんだけど、そろそろ自分の人生も考えなくては。レオノーラ、あなたはまだ若いでしょう。結婚は考えていないの？　もしお付き合いしている方がいるのなら……」

「男？」

レオノーラはギラギラする目で校長を見据えた。

「……私の辞書に恋愛と結婚の文字はありません」

「で、でもね……」

「私は聖ブリジット女学校に人生を捧《ささ》げると決めております！」

力強く言い切り身を翻す。

「冗談じゃないわ。なんとかしなくちゃ……」

焦りと勢いに任せて廊下をのしのしと歩いていると、途中、同僚で仲のいいイヴリンとすれ違った。

「あら、レオノーラ。あなたも来ていたの」

「久しぶり。……ねえ、廃校の話は聞いた？」

イヴリンは溜め息を吐いて肩を竦《すく》めた。

「ええ、多分あなたの前にね」

どうやら生徒のいぬ間に教師一人一人を呼び出し、今後の身の振り方を考えた方がいいと説得しているようだ。

「イヴリンはこれからどうするの」

「潮時だからもう辞めて家庭に入るわ」

イヴリンには婚約者がいるのだと聞いていた。

「もともと来年には結婚して退職する予定だったの。本音はもうちょっと稼いでから辞めたかったんだけどね。レオノーラは？」

「……私には教職しかないの」

レオノーラの背後に立ち上る情熱の青い炎の幻を見たのだろうか。

イヴリンは少々引きつつも「じゃあ、他の学校に移るの？」と尋ねた。

「ううん。この学校を残すつもりよ」

この地域に平民の女子向けの学校は聖ブリジットしかない。教育の要を失うわけにはいかなかった。

「で、でも、資金はどうするの？　学校の維持にはお金がかかるんでしょう」

「……昔のコネを使うわ」

「昔のコネ？　その、よくわからないんだけど、それって大丈夫なの？」

「これから大丈夫にするのよ」

レオノーラは高らかに宣言するとイヴリンと別れ、再び廊下を歩きながら指を折り、取れそうな貴族の知り合いをリストアップしていった。

全員学生時代にできた貴族の友人だ。

まずは学生時代友人でルームメイトでもあった伯爵令嬢のクラーラ。現在は結婚しているが、相手は王都在住の裕福な毛織物商人だったはずだ。

次に数年前夭折《ようせつ》した異母兄に代わってハーバート侯爵家を継いだ、やはり学生時代の男友だちであるオリヴァー。当主ならば金を動かすのもたやすいのではないか。

最後に今度は同じく学生時代の同性の友人で、フロリン王国からやって来た留学生、セリア。母国の公爵家出身なので期待できる。幸運なことに現在ブリタニアに滞在中だと聞いている。

まずはこの三人に接触を取ろうと頷《うなず》く。

今でも連絡を取り合っているので、話も早いはずだった。ところが――。


初めにクラーラと会った。

しかし、夫はほしいものはなんでも買ってくれるが、金そのものを渡してくれることはないので、援助は無理だと謝った。

「本当にごめんなさい。夫って私をまだ子どもだと思っているのよ。せめて屋敷の管理くらいさせてほしいって頼んだんだけど断られて……」

向かいの席のレオノーラに自分の分のチョコレートケーキを寄越《よこ》す。

「もう二十二にもなったのに……」

「まあ、旦那様が二十歳年上だとそうなるのかもね。クラーラが可愛《かわい》くて仕方ないんでしょう」

そうなるのも理解できるとうんうんと頷く。

クラーラは波打つ長く豊かな黒髪と、物憂げなブルーグレーの瞳が庇護《ひご》欲をそそる儚《はかな》げな美女だ。

活発かつ熱血なレオノーラとは対照的だったが、学生時代ルームメイトになった縁で仲良くなった。

レオノーラは職業婦人、クラーラは商家の奥様と、立場が対照的になった今でも現在でも不思議と交流が続いている。

ちなみに、クラーラの嫁ぎ先である商家所有のこのタウンハウスは、レオノーラの実家のような没落貴族から買い取ったものだと聞いた。

調度品も豪華で今腰掛けている長椅子は極上の座り心地。ティーセットと茶菓子の置かれたテーブルは、脚に天使が彫刻されており、もはや芸術品だ。

当然、茶も茶菓子も一級品の味がした。

レオノーラはクラーラがくれたチョコレートを胃袋に収め、これで昼食代が浮いたとありがたがりつつ、「こっちこそいきなり借金を申し込むだなんてごめんね」と軽く頭を下げた。

「かえって気を遣わせちゃって」

付き合いを断たれても不思議ではない。もちろん、そうした事態になるのも覚悟の上だったのだが。

「ううん、久々にレオノーラに会えて嬉しかったわ」

クラーラは昔と変わらぬ繊細な微笑《ほほえ》みを見せた。

続いて援助を頼んだのが男友だちのオリヴァー。

オリヴァーは現在こそハーバート侯爵家の当主となったが、元々は身分の低い愛人の息子だったと聞いている。学生時代「それも、おふくろは娼婦《しょうふ》だったんだ」と自嘲していたのをよく覚えていた。

その母親が亡くなり当時の侯爵に引き取られたのだが、まあ、案の定正妻にも異母兄にもさんざん嫌われ、虐《しいた》げられたという。母親譲りの褐色の髪と瞳で、無駄に美貌だったのも災いしたと。

学生時代にレオノーラと仲良くなったのは、オリヴァーは娼婦の息子だと他の学生に見下されており、レオノーラは没落貴族令嬢で女だとやはり蔑《さげす》まれていたからだろう。

立場の弱い者同士、かつ蔑まれ仲間だったというわけだ。

ところが、オリヴァーは数年前父が病で亡くなり、時を置かずに異母兄まで事故死したせいで、侯爵家の当主の座が転がり込んできている。

——オリヴァーは王都下町の居酒屋で話を聞いてくれたあと、肩を竦めて「悪い。無理」と謝り、レオノーラに骨付き肉のローストを丸ごとくれた。

「協力したいところだけど、俺一人じゃハーバート家の金を動かせないんだよ。夜遊びする小遣い程度はなんとかなるけどさ」

「ああ、前もそう言っていたわよね……」

オリヴァーが当主となったハーバート家は親族が多く、財産の使い道は合議制によって決定されるのだという。

「ったく、侯爵なんかになるんじゃなかったぜ。堅苦しいことだらけだ。下町に遊びに行くと必ず遠縁の爺《じじい》に説教されるしな」

「貴族も案外楽じゃないわよね」

レオノーラはありがたくローストに齧《かじ》り付《つ》き、いよいよ進退窮まったと唸《うな》った。

「オリヴァーも難しいとなるときついわね……」

「まあ、俺も知り合いに話してみるって。援助してやるってやつがいたらすぐ連絡するし諦めるなよ」

「うん、ありがとう」

恐らくオリヴァーの好意は徒労に終わるだろう。

なぜなら、王侯貴族の社交界において、レオノーラの評判はとにかく悪いからだ。名前を出しただけで断られるに違いない。

何せ、四年前の大学の卒業式で、当時は王弟だったザカライアに、恥を掻《か》かせてしまったのだから。

この分だとセリアにも援助を断られるのではないか――そんなレオノーラの予想はしっかり当たってしまった。

セリアはフルネームをセリア・ドゥ・キャストゥルといい、フロリン王国の名門公爵家キャストゥル家の令嬢である。

クラーラと一緒に暮らしていた女子寮の、隣の部屋にいた留学生だった。

セリアがブリタニアにいたのは一年だけだったものの、同じ変わり者同士気が合ったのか、卒業後も電信や手紙の遣《や》り取《と》りをしている。

セリアは今月末までブリタニアにいる予定で、時間を作って会ってもらうことができた。待ち合わせ場所は彼女が宿泊している王都のホテルのロビーだ。

何せ大陸西方の列強国にして富裕国フロリンの公爵令嬢である。

てっきり王都でも一流ホテルに泊まっているのかと思いきや、さすがにレオノーラが選んだ安宿よりはましだが、平民向けのごく普通のホテルだったので驚いた。

「レオノーラ、久しぶり！」

セリアは扉の近くに立っていたが、レオノーラが入ってくるとすぐさま声を掛けてくれた。

「セリア、元気だった？」

レオノーラは自分を変わり者だと自覚しているが、このセリアも同じく少々ズレている。

しかも、青銀の髪に深紅の瞳という神秘的な色彩の持ち主で、そう見かけない美女であるだけに尚《なお》更《さら》その特徴が際立っていた。

まず女性にしては髪が短い。顎の先の位置に切《き》り揃《そろ》えられている。更に服装はドレスでもスカートでもなく動きやすいパンツスタイルなのだ。だから遠目だと少年だと勘違いしてしまう。

フロリンでは短髪やパンツ姿の女性は、多数派ではないものの珍しくはないのだとか。

一方、ブリタニアではまだ女性のパンツスタイルは確立されていない。法律で禁じられているわけではないが、年配者や男性に「女性なのに……」といい顔をされない。

現にロビーにいる宿泊客たちは、時折セリアをチラリと見て、ヒソヒソと陰口を叩《たた》いていた。

しかし、セリアに気にした様子はない。

「きっと内緒の話でしょう？　じゃあ、私の部屋でもいい？」

「ありがたいわ」

セリアに案内された部屋はスイートルームなどではなく、ベッドとテーブル、椅子だけの一人客向けの簡素な寝室だった。

「座って、座って」

ベッドの縁をポンポンと叩かれて腰を下ろす。

「学生時代思い出すわね」

「あの頃は楽しかったなあ」

一頻《ひとしき》りお喋《しゃべ》りを楽しんだあとで、「実はね……」とダメ元で話を切り出す。

そして、結果はやはりノーだった。

「ごめん！　協力してあげたいんだけど、私もお金がないというか、使える状況じゃないんだ。実は、婚約破棄しちゃってね」

「ええええっ」

セリアには両親の決めた侯爵令息の婚約者がいて、二十歳までには結婚すると聞いていたのだ。

「一体何があったのよ」

「私ね、新大陸に行くことになったの」

ブリタニアに来たのもそのためだという。フロリンには新大陸行きの直行便の船舶がないからと。

「私、昔から服のデザインや裁縫が好きだって言っていたでしょう」

「そういえば普段着は自分で縫ってるって言ってたわよね」

貴族の女性は仕立屋に任せるか、高級既製服を購入することが多いが、セリアはいつも自分で作っていたのを覚えている。今日来ているジャケットとブラウス、ズボンもお手製のものだろう。

「やっぱりその仕事がしたくて。どうしても侯爵夫人になる自分を想像できなかったの」

だから婚約者には本心を打ち明け、なんとか理解してもらい、婚約破棄を申し出たのだという。

「もうお父様なんてカンカン。当然だよね。家の面子を潰したんだし。それで勘当されちゃった」

「勘当!?」

「私、最後まで家のために生きよう、役に立とうって思えなかったんだよね……。我が儘《わがまま》だ、こんなことを考えちゃいけないって思ったけど、やっぱり無理だったわ」

セリアはフロリン王家の血を引く名門公爵家出身でありながら、贅沢《ぜいたく》を好まずざっくばらんで、その分貴族令嬢としては生きづらそうに見えた。

「元から家族との折り合いは悪かったし、向こうもせいせいしていると思う。出来のいい兄と妹がいるから私なんていなくても大丈夫よ」

学生時代ブリタニアに一年留学していたのも、一時期でもいいので家族から離れて、自分を見つめ直そうと思ったからなのだとか。

なお、父であるキャストゥル公爵から財産の一部を生前贈与され、これで親でもなければ子でもない。出て行けと追い出されたのだという。

「手切れ金をもらえただけよかったのかもね」

セリアは当初フロリンの仕立屋に弟子入りするつもりだったが、名や貴族然とした容姿からすぐに元令嬢だとバレ、採用されにくいだろうと踏んで、なら新大陸に行ってみようと考えたのだとか。

「新大陸なら皆移民で私のことを知っている人なんていないもの。それに、向こうってまだ仕立屋が少なくて、人手も足りないんだって」

聞けば聞くほど随分思い切ったものだと感心してしまう。

「そうだったの……。嬉しいわ。あなたが夢を見つけてくれて」

自分以外にも意志を貫くために、力を尽くす友がいると思うと勇気付けられた。

「私もブリタニアで頑張るわ」

「本当にごめんね、力になれなくて」

「ううん、いいの。向こうについても連絡してね」

「それはもちろん――」

セリアはふと目を落とし、やがて「そうだ」と手を打った。

「ねえ、ほらノースウッド公爵――ザカライア様に頼むことはできないの？　あの方って卒業後公爵位とお屋敷をいただいたでしょう。お金なら唸るほどもっているんじゃない？」

ザカライアの名を出された途端、お茶のカップを持つレオノーラの手が一瞬で強張《こわば》った。

「ザカライア様は先進的な考え方に理解がありそうだし、応援してくれるんじゃない？」

「う、う～ん……卒業後全然連絡取ってないから……」

「えっ、そうだったの。あんなに親しく見えたのに」

セリアはザカライアが大学四年になる前にフロリンに帰国していたので、卒業式で何があったのかを知らないのだろう。レオノーラも知られたくない。

もう四年。まだ四年。

あの最悪な卒業式からそれだけの時が過ぎたのかと溜め息が出る。

あれから女だてらに自立し、教師となり、恋愛も結婚もせずに世の荒波に揉《も》まれてきたはずだったが、いまだにザカライアにつけられた傷は癒《い》えていないのだと痛感する。忘れてしまいたいことほど忘れられないものだということも。

それほど、当時のレオノーラは本気でザカライアを愛していた。だから、受けた仕打ちを許せないことでいまだに苦しんでいる。

そして、いまだに苦しんでいる自分にも嫌悪感を抱いていた。

黙り込むレオノーラを見てセリアは何を思ったのだろうか。

「ねえ、こっち向いて」とレオノーラの肩に手を掛けた。女性の友人同士がよくやるように頬に軽くキスをする。

「えっ、どうしたの？」

「幸福のキス」

セリアはふわりと微笑んだ。

「私の実家って二百年くらい前に王家から王女様が降嫁していてね。その王女様のお父様——当時の国王陛下が紅《あか》い瞳だったそうなの」

セリアは隔世遺伝で当時のフロリン国王の深紅の瞳を受け継いだ。そして、かの王国では紅い瞳を持つ者にキスされると、幸福になれるとの言い伝えがあるのだという。

「私、あなたにも幸せになってほしいから」

「……ありがとう。素敵な伝説ね」

凹《へこ》んでいたからかセリアの思いやりにぐっと来てしまう。

「あっ、信じていないでしょう？　結構御利益あるんだからね？」

あいにくレオノーラは神も悪魔も信じぬ現実主義者だった。だが、不思議とセリアのキスだけは信じてもいい気がした。


その後もありとあらゆる知人、友人に資金援助を頼んだのだが、セリアの幸福のキスも虚《むな》しく、いい返事は一つも得られなかった。

「ちょっと今うちも苦しくて……」

「女学校？　女を教育してなんの得があるんだ？」

とぼとぼと王都の安宿に戻り、ベッドに腰掛け、はあと溜め息を吐く。

近頃溜め息を吐いてばかりだ。何があってもどんな時でもピンと背筋を伸ばし、前を向いて歩いて行くことがモットーだったのに。

「世の中そんなに甘くないわよね……」

校長には来年までに資金の目途が立たなければ、教会ともども聖ブリジット女学校を閉鎖するしかないと予告されている。焦る気持ちが募るばかりで、現状を打破できないのがもどかしかった。

また、こうして王侯貴族の社交シーズン中は、知り合いに会いやすいので王都に滞在しているが、いくら安宿でも一ヶ月以上宿泊しているとなると費用もかさむ。食費だって馬鹿にならない。どんどん気持ちが落ち込んでいく。

「……」

レオノーラはすっくと立ち上がった。

「悩んだって何も解決しないわ」

それよりはしっかりと下町の屋台で食事を取り、明日に備えて英気を養おうと頷く。

「たっぷりたくさん食べよう！　何がいいかしら」

ローストビーフ、ミートパイ、シェパーズパイ、スコッチエッグなどと料理名を唱えながら階段を下りる。

そして、宿屋の扉に手を掛け、大きく開け放ったところでぎょっとした。

「えっ……」

仕立てのいい濃紺の紳士服姿の男性と鉢合わせしたからだ。

見上げるほどの長身痩躯《そうく》で、黄金の短髪の上に帽子を被っている。瞳の色は髪と同じ黄金色。

下町の安宿に似合わない凜々《りり》しい美貌を見上げ、レオノーラは息を呑《の》んで一歩後ずさった。

「ザック……どうしてここに」

「レオノーラ……」

ザックこと王弟にしてノースウッド公爵、そしてレオノーラの初めての恋人だった、ザカライアその人もやはり息を呑んでいる。

「会いたかった……」

ザカライアは呻《うめ》くように呟《つぶや》きレオノーラの肩を掴《つか》んだ。

レオノーラはその強い力に我にかえって身を捩《よじ》らせる。

「はっ……離してっ……！」

「話がある。頼むから聞いてほしい」

「私には話なんてないわ！」

卒業式直前にザカライアの裏切りを知り、以来ずっと癒えない心の傷がズキズキと痛む。

レオノーラは力の限りを込めてザカライアを振り払い、脇をすり抜けて逃げようとしたが、ザカライアはそんなレオノーラの背に向かってこう叫んだ。

「聖ブリジット女学校の資金援助の件でもか？」

「……っ」

はっとして足が止まる。

なぜザカライアがその話を知っているのか。

「どうして……」

呆然《ぼうぜん》と呟き立ち尽くす間に、今度はすっかり空になった腹が大きく鳴った。

「やっ……ちょっと……！」

押さえれば押さえるほどますます腹の虫が泣いて空腹を訴える。

「君は変わっていないな」

赤面して胃を押さえるレオノーラに、ザカライアが苦笑しながら歩み寄る。

「食事でもしながら話し合わないか。いいレストランを知っているんだ」


ザカライアに連れて行かれたレストランは、富裕層向け、かつ一見さんお断りの高級店だった。

もちろんレオノーラは一つに束ねただけの髪に安物のドレス、おまけに瓶底眼鏡ではこんな店に入れないと断った。

しかし、ザカライアは「個室を取ってあるから気にすることはない」と引かなかった。

この用意周到さ、ザカライアも変わっていないと思い知らされる。

いいや、やはり変わったか。学生時代は肩まであった髪は短く切られ、大人の男性らしく丁寧に整えられている。

レオノーラはザカライアを見つめていた自分に気づき、いけない、いけないと瓶底眼鏡をくいと上げた。

気を取り直そうと席に着き注がれたワインを口にする。それでも緊張しているからか、高級酒に違いないのに、まったく味を感じられなかった。

一体ザカライアは何を企《たくら》んでいるのか。

間もなくコンソメスープが運ばれてきてテーブル上に置かれる。

「……よし」

レオノーラはここで腹を括《くく》り、この際、食事を思い切り楽しんでやろうと決めた。

貴族の世界から離れて何年も経《た》つが、腐っても元子爵令嬢。テーブルマナーは幼少時にしっかり叩《たた》き込《こ》まれている。

優雅な仕草でスープを飲み、鱈《たら》のソテーバターソースがけを口に入れると、新たなワインを注ぎに来たウェイターがほうと感心したようにレオノーラを見つめた。

ザカライアに視線を移し、「お綺麗《きれい》な方ですね」と褒める。

レオノーラはその一言に目を剥《む》いた。

オールドミスそのものの女のどこがお綺麗だというのか。

ウェイターが個室を出て行くのを見送り、ザカライアがふと黄金色の目を細める。

「レオノーラ、君はどんな姿でも綺麗だよ。見る者が見ればすぐにわかる」

レオノーラは心を読まれたのだと気付いて、居心地の悪い思いになり目を逸《そ》らした。

ザカライアのこうしたところが好きで、苦手でもあったのだ。自分が小さな子どもになったような気分になるから。

「その眼鏡、度が入っていないだろう。せっかくのエメラルドグリーンの目をどうして隠すんだい」

「……」

お前のせいだと言い返したくなるのをぐっと堪《こら》える。

「髪もだ。下ろした方がずっと可愛いのに」

「……結んだ方が動きやすいのです」

これ以上ザカライアのペースに流されてはいけない。レオノーラは、くいと瓶底眼鏡を上げ、話を切り出した。

「それで公爵閣下、お話はなんでしょうか。そろそろ始めていただけませんか」

あえて他人行儀に敬語を使う。

「相変わらずせっかちだな」

ザカライアは苦笑しながらテーブルの上に手を組んだ。空になった皿の上に目を落とす。

「君の勤める聖ブリジット女学校が閉鎖されそうだと聞いた。そこで、ぜひ私がその資金援助をしたい」

「えっ……」

聖ブリジット女学校だけではなく、母体の教会も立て直したいという。

「ただし、いずれの機関にも私が任命した顧問を入れることが条件だが。財務状況の確認が必要なのでね」

「……！」

思わずテーブルに身を乗り出してしまう。

「本当ですか」

「ああ」

「……ありがとうございます！」

たとえザカライアであってもこの申し出は嬉しかった。この際嫌悪感は二の次だ。割り切れと自分に言い聞かせる。

子どもたちの明日のためになら、何でもしなければならなかった。

ザカライアが「座ってくれ」と微笑む。

「ただし、一つ条件がある」

「条件？」

「外に出てから話そう」

はて、条件とは一体なんなのか。地位も身分も金もない女に差し出せるものなど何もないのだがと首を傾《かし》げる。

いずれにせよ、ザカライアの申し出を断る選択肢などなかった。

デザートを食べ終え店を出た頃には、日が落ち辺りはとっぷり暗くなっていた。

「少し歩こうか」

誘われて夜の散歩としゃれ込む。

「閣下、大通りはこの時間帯になると、店がほとんど閉まってしまうので暗くなります。私が知る道から帰りましょう」

レオノーラの知っている道とは、夜市の開かれている下町の下道だった。

安酒の量り売りの屋台、食べやすいよう串に刺した果物を売る屋台、パンケーキを積み上げて売る屋台と、道の両脇に様々な出店がところ狭しと並んでいる。

「これは賑《にぎ》やかだな」

「今夜はここで夕食を取るはずだったんですよ」

庶民にとっては労働を終えた夜からが本番。皆楽しそうに飲み食いし、明日に向けての英気を養っていた。

「あっ、ちょっと待ってください」

レオノーラはある屋台の前で足を止めた。手の平サイズのこんがり焼き立てのミートパイを二つ買う。

「こちらどうぞ。お口に合うかわかりませんが。この辺の屋台で一番人気のお店なんです。ダンディッシュ風ですごく美味《おい》しいんですよ。夜食代わりにどうぞ」

奢《おご》られっぱなしはポリシーに反する。高級店と屋台のミートパイでは比較にもならないだろうが、何もしないよりはマシなはずだった。

それに、ザカライアの亡き母は異民族ダンディッシュたちが暮らすダンドーク島の領主、グラフトン家出身で、ザカライアの金眼もその血筋によるものだと聞いている。ザカライアの祖母に当たるダンドーク島の二代目領主、女伯ミアンナが同じ瞳の色だったのだとか。

だからダンディッシュ風のミートパイなら馴染《なじ》み深《ぶか》いだろうと、一応気を遣って選んだつもりだった。

ザカライアはミートパイをまじまじと見つめていたが、やがて目を細めて「やはり君は変わっていないな」と微笑んだ。

「初めて会った時にも木の下でサンドイッチを食べて、私に一つ分けてくれただろう」

「……そうでしたっけ?」

とぼけて見せたが覚えていないはずがない。サンドイッチの具がレバーペーストだったことも記憶していた。

覚えていてくれたのかと、うっかり喜んでしまった自分を叱り付け、これ以上気を許してはいけないと警戒心を新たにする。ビジネスライクに徹しなければならなかった。

二人でミートパイを食べながら川縁の歩道を歩いて行く。

「うん、これは美味《うま》いな。亡くなった母が時々作ってくれたものと似た味だ」

レオノーラはここではっと我に返った。

会話を楽しんでどうする。この人はパトロン、パトロン、そう、パトロンでしかない……と心の中で呪文のように唱えた。

「それで、条件とは？」

手が空になった頃に聞くと、ザカライアは満月を映した水面近くで足を止め、レオノーラを見下ろした。

その真剣そのものの眼差《まなざ》しにドキリとする。

「私と結婚してほしい」

「……は？」

間抜けにも口をぽかんと開けてしまった。

「あの、今なんて……」

「私の妻になってほしいんだ」

「……」

レオノーラはまじまじとザカライアを見つめた。

「あの……失礼ですが正気ですか？」

一応貴族出身なのにすでに二十歳を超え独身で、資産どころか可愛げも何もない女に何を求めているのか。いや、ザカライアにとってはよりによって学生時代の集大成であり、栄えある舞台となるはずの、卒業式で恥を掻かせた女か。

いずれにせよ、常識的に考えて有り得ない求婚だった。

「私が社交界でなんと噂《うわさ》されているのかご存知《ぞんじ》ですか？」

「もちろんだ。……あれは君のせいじゃない。私の責任だ。だからこそだ」

ザカライアは強く言い切り、懐《ふところ》から何やら小さい小箱を取り出した。

蓋が開けられるのと同時に。月明かりを受けて宝石がきらりと煌《きら》めく。

大粒のエメラルドの指輪だった。台座の細工の古風なデザインからして、代々受け継がれてきた品なのだと一目でわかる。それなりの貴族が家屋敷を売り払っても買えない逸品だった。

「あ、あの、この指輪は……」

「婚約指輪だ。この場で返事をして、受け取ってもらいたい」

「……」

混乱し、ますますザカライアが何を考えているのかがわからなくなる。

しかし、次の一言に我に返った。

「レオノーラ、私の妻になる女性は君以外考えられないんだ」

それはザカライアからの二度目のプロポーズだった。

脳裏に四年前まだ十八歳だった頃の記憶が蘇《よみがえ》る。ザカライアと別れるまでは幸せだっただけに、あの苦しく苦い一日をレオノーラは忘れた日は一日もなかった——。

第二章　没落令嬢が女教師になるまで

――レオノーラの実家ハート子爵家は古くから続く子爵家だったものの、祖父の代に事業で派手に失敗し、経済苦のすえに没落している。

父はなんとか立て直そうとしたものの、叶《かな》わぬままこの世を去った。

領地を切り売りした結果、最終的には家屋敷も手放す羽目になり、現在は買い手が付かなかった僻《へき》地《ち》のハゲ山しか残されていない。

父亡き後母も間もなく病を得て亡くなった。

当時レオノーラはわずか六歳。以降、親族宅をたらい回しにされることになる。

どこの家でも穀潰《ごくつぶ》しの厄介者扱いされ、邪険にされ、レオノーラは幼くして自分を助けてくれる者は自分以外いないと学んだ。

身の回りの世話はみずからするようにし、周囲の大人たちに何も求めようとしなかった。そんな態度を「可愛げがない」と嫌われて、ますます扱いがひどくなった。

そうした過酷な環境が生存本能に訴えかけ、能力を開花させることになったのだろうか。あるいは生まれ付きだったのか。

レオノーラはろくな教育を施されてもいないのに、どの子どもよりもはるかに知能が高くなっていた。

自国語の読み書きだけではない。預けられた先に出入りするフロリン人の言葉を聞いて、外国語であるフロリン語を難なく覚えた。いつの間にか高度な数式を使いこなし、周囲の大人が諳《そら》んじていた詩を記憶し、朗読できるようにもなっていた。

『レオノーラ、君はいつフロリン語を覚えたんだい？』

『出入りするお客様のお話を聞いて……』

『いや、あの方たちはしょっちゅう来るわけじゃないだろう。せいぜい週に一、二度なのに……』

『……？　普通、それくらいで覚えられないんですか？』

このようにレオノーラの才能に気付いた十二件目の親族宅の主人は、これが男児ならば出世できただろうにと残念がりながらも、レオノーラの容姿もあって教養ある女性として売り込めば、将来高位貴族に嫁がせられるかもしれないと踏んだのだろう。

王都にある貴族と富裕層の令嬢のみに入学が許可されている、王立女学校の試験を十五歳のレオノーラに受験させた。

結果、見事合格。しかも、開校以来の満点だった。というよりは、レオノーラには簡単すぎて物足りなかったほどだった。

この学園には、試験が満点でかつ経済的苦境にある学生の場合、学費や寮費は免除され、特待生となる規定があった。レオノーラはその条件に合致していた。

加えて、面接試験での受け答えで、教授陣は現状の女学校で収まる器ではないと唸ったらしい。飛び級でやはり上流階級向けのトップクラスの王立大学への入学を勧められた。

しかし、当時の大学は男子学生しかいない。女子学生が許可されていないわけではないが、前例がなかった。おまけに皆レオノーラより三歳以上年上だ。

没落貴族、しかも年下の女学生と同じ扱いを受けるなど、プライドの高い学生たちは我慢できなかったに違いない。レオノーラが入学前から噂が広まり、女に学は必要ないと反対運動が起こったのだとか。

『女の仕事は子育てと家庭の維持だ。学問を身に付けたところで一体何ができる』

それでもレオノーラが無事大学で学べることとなったのは、当時の王妃の鶴の一声が大きかった。

『今後は女性も社会に進出する時代になっていきます。遅いか、早いかの違いしかないのなら早い方がいいでしょう』

それでも、大学の幹部も女学生の入学には抵抗があったようで、結局レオノーラは女学校の学生扱いではあるが、特別に大学での授業を受講することも許可するとされたのだ。

最終的な成績が標準的な男子大学生と同等、あるいは越えた場合に限り大学の卒業資格が与えられると。

レオノーラはこのチャンスを逃すまいと、周囲の男子学生たちから白い目で見られながらも、女学校の寮から大学の講義に通った。

しかし、男子学生たちは堂々としたレオノーラの態度が気に入らなかったのだろう。

『女のくせに、あいつ生意気だよな。だから嫁の貰《もら》い手《て》がないんだよ』

十五歳は貴族令嬢なら婚約者が決まっていてもおかしくない年齢だ。

しかし、レオノーラは没落貴族出身で、また令嬢としてはあまりにイレギュラーな存在だったから か、縁談が来ることはまったくなかった。学校にやってくれた親族の思惑は見事外れたというわけだ。

ところが――。

『けどさあ、あの女見た目はいいよな』

『……』

『お前もそう思っていたか？　すごくそそる体してるじゃないか。顔だって結構……っていうかかなり可愛いし』

男子学生たちの何人かは何を思ったのか、レオノーラにベタベタ付き纏《まと》い、しきりにこう囁《ささや》くようになった。

『なあ、こんな環境じゃ君だってやりづらいだろう？　俺たちと仲良くしておけば何かと便宜を図ってやるよ』

『そうそう。ギブアンドテイク、ウィンウィンってやつさ』

『……』

レオノーラは男子学生たちを一瞥《いちべつ》してこう告げた。

『結構よ。ギブアンドテイクどころかテイクアンドテイクにするつもりでしょう。顔を見ればあなた立ちが何を考えているかくらいわかるわ』

男子学生たちはここまでぴしゃりと撥《は》ね付《つ》けられるとは思わなかったのだろう。

以後レオノーラは大学で何かと嫌がらせをされるようになった。教科書を盗まれる、背に石礫《つぶて》を投げられる、講義室の扉に水の入ったバケツを仕掛けられる程度は日常茶飯事だった。

だが、その程度ではレオノーラはめげなかった。

（あんな嫌がらせ、嫌がらせにもならないわ）

などと笑っていたくらいだった。

たらい回しにされた親族宅では食事を与えられない、機嫌が悪いので思い切り殴られる、服や下着がボロボロになっても替えをもらえない、性的虐待をされそうになり、やっつけた結果追い出される、という過酷な暮らしを耐えてきたのだ。

所詮ボンボンのお坊ちゃまたちの意地悪など可愛いものだった。男子学生たちもレオノーラが王妃肝煎《きもい》りの女学生だと知っているので、それ以上手出しをできないと知っていたのもあった。

女学校の女子寮ではルームメイトのクラーラとも仲良くなれているので、はっきり言って無視されても仲間外れにされても欠片《かけら》のダメージもない。むしろ、楽だ。

とにかく勉強さえできればなんの問題もなかった。


大学に通学するようになって七ヶ月が経った頃のことだろうか。

その日レオノーラは昼休憩時、サンドイッチを校庭のアーモンド木の下で頬張《ほおば》っていた。

大学には学食があるものの、富裕層向けというだけありレオノーラには高い。だから、昼食はいつも庶民向けの店舗で購入していた。

今日のサンドイッチは通学路途中のパン屋で買ったもので、人気店なだけありとにかくどの商品も美味しい。

中でも、このレバーペーストとサラミ、卵のサンドイッチのセットがレオノーラのお気に入りだった。

このアーモンドの木の下も気持ちがいい。淡紅色の花々が美しいのはもちろん、校庭の片隅にあり人目に付かないところであるのもよかった。

「よいしょっ」

芝生の上に勢いよく腰を下ろし、サンドイッチのひとつを食べると、コップに汲《く》んだ水を飲みながら空を見上げる。

「……綺麗」

ブリタニア王国の春の空は青く高く、心が吸い込まれていきそうな気がした。

途中、あまりに気持ちがよかったので、結い上げていた長い髪を解き、波打つピンクブロンドを風に流す。

いつもは講義の内容を復習したり、将来の自立のための計画を考えたりするのだが、この日だけはそよ風に身を任せ、ただ春にしかない美しさを心から愛《め》でていた。

「あれっ」という一人の男子学生の声を聞くまでは。

「なんだ。人がいたのか」

レオノーラはせっかくのいい気分を害されて目を開け、邪魔者となった男子学生にいやいや目を向けた。

てっきり毎度嫌がらせを仕掛けてくる連中かと思いきや、有名人なので顔は知っていたものの、一度も話したことのなかった人物だったので少々驚く。いくつか受講する講義が被っていたのだ。

「あなたは……ザカライア殿下ですね」

「ああ、そうだ」

前国王の第二王子にして現国王の異母弟のザカライアだった。現国王の妃が亡くなったのち、ザカライアの母が後妻に入ったのだ。

一つに束ねられたくせのない肩まである金髪に、同じ色の金色の瞳が珍しい。形のいい眉とすっと通った鼻筋、薄い唇は凜々《りり》しさと同時に王侯貴族特有の優美さを湛《たた》えていた。

この大学の漆黒の学生服が長い足と腕、長身痩躯をよく引き立てている。一目でただ者ではないとわかる容姿だった。

飛び級のレオノーラがまだ一年目で十六歳なのに対し、ザカライアは大学二年生。規定通りの年齢で入学しているので、二十一歳になっているはずだった。

レオノーラは立ち上がり、ひとまず制服のスカートの裾を摘まんで挨拶をした。

「こんにちは。レオノーラ・ハートと申します」

「もう知っているよ。君は有名人だからね」

ザカライアはなぜか楽しそうに見えた。

「ここは私の特等席なんだ。先を越されていたか」

薄い唇の端に笑み浮かべる。

「譲ってくれる気はないかい？」

「……」

レオノーラはザカライアを見上げて首を傾げた。

「特等席って、別に予約してあったわけじゃないですよね？」

レオノーラの言葉に金色の目がわずかに見開かれる。

「まあ、そうだが……」

「じゃあ、先着順です」

「私の頼みでもかい？」

「このウェストランド大学の憲章、第一条にこうあります。〝我が校は平和・自由・平等を求め、人権を尊び、不正義や差別を廃する〟と」

もちろん、綺麗事《きれいごと》でしかない。この大学の学生がすべて上流階級に属しているのだから、レオノーラからすれば何が平等だという感じだし、他学生たちにはそんな意識もないだろう。

ザカライアは腕を組んでレオノーラを見下ろした。

「それは建前とは思っていないのかい？」

「はい。思っています。でも、私が率先しないと誰もやろうとしませんから。綺麗事のままで終わってしまいます。それでは何も変えられません」

「……」

ザカライアは「なるほど」と頷いた。

「確かに、建前とは本来そうあるべきだから建前となっている。君の言う通りだな」

レオノーラはザカライアがあっさり納得したので驚いた。王弟なのだから学生内では一番身分が高いだろうに。

「私も憲章を実践するようにするよ。というわけで、今日のところは君に譲ろう」

「――お待ちください」

レオノーラは手の平を前に出してザカライアを留《とど》めた。

「先着順とは申しましたが、譲らないとは言っていません。憲章第二条にこう書いてあります。〝当校は学生が互いに助け合い、ともに生きる喜びを分かち合う場を提供する〟と」

そして、再びアーモンドの木陰に腰を下ろし、ポンポンと隣の芝生を叩いた。

「どうぞ。隣にお座りください。幸い、この木は枝を大きく広げていますから、もう二、三人は座れます」

「……」

ザカライアはしばしまじまじとレオノーラを見つめていたが、やがて軽く噴き出し、「それでは、遠慮なく」隣に腰を下ろした。

「君、変わっていると言われていないか」

「はい。言われています」

だが、言わせておけと思っている。

「奇遇だな。私もだよ。王弟なのに全然偉そうじゃないとね。もっと尊大でいろと執事に叱られた。

だけど、実際偉いわけじゃないからね。君にああ言ったのも結構頑張ったつもりだったんだ」

「……」

今度はレオノーラがザカライアをまじまじと見つめた。

「まさか、王弟殿下がそんなことをおっしゃるとは思いませんでした」

「たまたま王家に生まれただけだからね。誰も生まれる国や家は選べないだろう」

今までプライドの高い男子学生ばかり見てきただけに、ザカライアのその態度は王侯貴族内では異質に見えた。

あるいは、恵まれた立場にいるからこそ謙虚にもなれるのだろうか。

レオノーラはなぜか決まりが悪くなり、サンドイッチをもそもそと食べた。

「そのサンドイッチは学食の持ち帰りかい？」

「いいえ、大学に来る途中の店で買ったものです」

「……」

ザカライアの視線が今度はサンドイッチに注がれる。

余りにじっと見つめているので、さすがのレオノーラも根負けして、「ひ、一つどうですか」と進めざるを得なかった。

「いいのかい？」

「はい。三つもあるし、ひとつひとつが結構大きいので……。レバーペーストとサラミ、卵がありますがどれがいいですか？　卵はもう結構食べちゃったので、ちょっとしかなくなっているんですけど」

「じゃあ、レバーペーストを頼むよ」

レオノーラは持参のハンカチにくるりとレバーペーストを包み、「どうぞ」とサンドイッチを手渡した。

「お水で良ければ飲み物もあります」

「うん、ありがとう」

ザカライアは庶民向けのサンドイッチなど初めてだったのか、やはりまじまじと手元を見下ろしていたが、やがて大口を開けてがぶりと齧《かじ》り付いた。

高貴な王弟らしからぬ食べ方にぎょっとしていると、ザカライアは目を細めてレオノーラを見つめた。

「君もさっきこうして食べていただろう？　一番美味しい食べ方なんじゃないかと思ったんだ」

「……まさか、ずっと見ていたんですか」

ザカライアはくすくすと笑った。

「見惚《みと》れていた、と言った方がいいかな。最初、アーモンドの花の妖精がいるのかと思ったよ。だって君のそのピンクブロンド、この木の花の色と同じだったから」

なのに、景気よくサンドイッチを食べ始めたので、どうやら人間の少女らしいと気付き、話してみたいと思って近付いたのだとか。

「勇気を出してみてよかったよ。君と話していると楽しいし、もっと話したくなる。君に意地悪する連中は馬鹿だな。こんな機会を逃すなんて」

「……」

悪意のない接触は初めてだったので、レオノーラは戸惑い、いつものペースを維持しにくくなった。

「それは……光栄です」

気まずくなり残ったサンドイッチに視線を落とす。

「昼休憩にはいつもここに来るのかい？」

「天気のいい日には……」

「じゃあ、雨の日には？」

「図書館の階段下のベンチでお昼ご飯にしています」

「なるほど」

ザカライアはうんうんと頷き、「じゃあ、次もよろしく」とレオノーラの肩を叩いた。

「は？」

「今度は私が何か持ってくるから」

「え、え?」

「楽しみだよ」

こうして断る間もなく次は図書館のベンチでの昼食会となってしまった。

なぜこんなことに……と思いつつも、約束破りはレオノーラのポリシーに反するので、しぶしぶ待ち合わせ場所に向かう。

ところが、すでに十二時を過ぎているのにザカライアはいない。

どうやらからかわれたようだとほっとしたような残念なような複雑な心境になりつつも、気を取り直して昼食を買いに行こうとしたその時のことだった。

「レオノーラ!」

ザカライアが数十メートル先から大きな声で名を呼び、息せき切って駆け付けてきたのだ。

「悪い! 遅れた!」

黄金色の瞳をキラキラさせながら駆け寄ってくるその様に、つい人懐っこい犬を連想してしまった。

噴き出したくなるのを堪えて咳払《せきばら》いをする。

「……その、はい。大丈夫です。五分くらいしか待っていないので」

「本当に、悪い……」

ザカライアの左手にはバスケットが握り締められている。

「それが昼食ですか？」

「ああ。とびきり美味いのを作ってきた」

「……作ってきたって、殿下がですか？」

この高貴な王侯貴族そのものの容貌の美青年が、手ずから料理をしたなどと誰が信じられるだろうか。

「私の亡き母の趣味が料理でね。王宮に自分用の厨房《ちゅうぼう》を設けていたくらいなんだ」

「前王妃様が？」

ザカライアが肩を竦める。

「私の母もなかなか面白い人だったんだ」

時々手伝ってその成果のご相伴に与っていたのだとか。

「ダンディッシュ風の料理だが大丈夫かい？」

「は、はい。好き嫌いは全然ないので……」

レオノーラが戸惑いながらもそう答えると、ザカライアはにっこり笑って右手で階段下のベンチを指差した。

「じゃあ、あそこで食べよう」

バスケットの内容はバターをたっぷり塗ったドライフルーツたっぷりのパンに、ソーダブレッドに薄く切った豚肉のソーセージを挟んだサンドイッチ、レモネードだった。

はっきり言ってものすごく美味しそうで。レオノーラの腹の虫が早く寄越せと訴えている。

「料理を食べてもらえる日が来るなんて嬉しいよ」

ザカライアはドライフルーツのパンをまず一つくれた。

恐る恐る齧り付いていて目を見開く。

「うわあ……美味しい」

パンの小麦の甘味《あまみ》とドライフルーツの甘味が糖質に飢えていた舌に響いた。

「そうだろう？　このパンは私が焼いたんだ」

ザカライアが目を細めてこちらを見守っているのに気付き、恥ずかしくなって目を逸らしてしまった。

これではまるで餌付けされているようだ。いや、実際されているのだろうが。

しかし、「こいつも美味いよ」とソーセージのサンドイッチを差し出されると、遠慮なく受け取ってパクパクとあっという間に平らげてしまった。

「あ～……幸せ……」

思わず溜め息を吐いてしまう。

「そんなに気に入ってくれたのかい？　嬉しいな。これもどうぞ」

今度はレモネードを差し出される。

「これはさすがに手作りってわけにはいかなくて、メイドがいつも作り置きしてくれるものさ」

しかし、レシピはやはり母直伝なのだとか。

このレモネードもレモンの酸味と、蜂蜜のコクのある甘味とのマリアージュが絶品だった。

さすが王族の厨房。材料がいいのだろうと頷く。

「とても美味しかったです。ありがとうございます」

ザカライアは微笑みを浮かべたままクスクスと笑った。

「こちらこそ。君が食べているのを見ていると、料理が二倍美味しくなるよ」

それはがっついていているということだろうか。

レオノーラはらしくもなく頬を染めながらも、「その……」と言わねばならないと思っていた話を切り出した。

「これ以上私に付き合うのは、やめた方がいいと思います」

黄金色の双眸《そうぼう》がキラリと光る。

「……なぜ？」

「なぜって……私がなぜ有名人かはとっくにご存知でしょう」

女だてらに学問を志す生意気な没落貴族令嬢だからだ。

「こんな女子学生に構っていると知られれば、殿下の評判まで悪くなってしまいます。こうして誘っていただくのは嬉しいのですけど……」

レオノーラ自身は何を言われても構わないが、人を巻き込むのは本意ではなかった。それに、ザカライアといると妙に居心地が悪い。

「……」

ザカライアはしばらく黙り込んでいたが、やがて不意に腰を屈《かが》め、レオノーラのエメラルドグリーンの瞳を覗《のぞ》き込《こ》んだ。

いきなり顔と顔の距離が縮まったので、レオノーラの心臓がドキリと跳ねる。黄金色の瞳がすぐそばにあった。

「……君はそうやって今まで人生から人を排除してきたのかい？」

「……っ」

容赦ない指摘に息を呑む。

「私は人に何を言われても構わないよ。そんなに私に誘われたのが迷惑だったかい？」

「い、いえっ……そういうわけではなく……」

なぜこうザカライア相手だと調子を狂わされるのか。そして、気が付くと彼のペースに持って行かれてしまう。

ザカライアはにっこり笑い、「そうか、よかった」と頷いた。しかし、目が笑っていないので怖い。

「君に嫌われたくはないからね」

この王弟殿下、虫も殺さぬような優美さで、実はとんでもないくせ者なのではないかと思った頃にはもう遅かった。


——なぜこんなことになってしまったのだろうか。

レオノーラは呆然としながらボートに揺られていた。

折しもブリタニアは初夏。

王立公園の緑に囲まれた人工湖では、日差しと水遊びを楽しもうとする人々が、それぞれボートに乗って休日を楽しんでいる。

ザカライアとレオノーラもそのうちの二人だった。

いや、四人か。

今日は互いの友人を連れて来ようという話になり、ザカライアはオリヴァーという同学年の青年を、レオノーラはクラーラを誘っていた。

なお、セリアにも声をかけたのだが断られている。

なんでもキャストゥル家はブリタニア王家と遠縁にあたり、海外でまで王侯貴族の堅苦しい付き合いをしたくないのだとか。名門出身は名門出身で苦労があるようだった。

一方、クラーラは大人しく社交べタなタイプなので、てっきり断られるのかと思いきや、二つ返事で了承を得たので驚いた。

クラーラは白い頬をこう染めて打ち明けてくれた。

『私、ザカライア殿下にずっと憧れていたの』

クラーラは没落貴族レオノーラとは違い、現在も名高い伯爵家の出身で、当然社交界デビューしている。

そこでザカライアと知り合った時、大いに助けてもらったのだという。

『私、引っ込み思案でしょう。それで壁の花になっていたところを、ザカライア様がダンスに誘ってくれて……』

結果、注目されることになり、以降はダンスの相手に困らなかったのだとか。

『でも、ザカライア様のリードが一番お上手だったし、何より私が話ができなくても怒らなかったの。それが、嬉しくて……』

まあ、確かにこの国の王侯貴族の男性は少々傲慢だ。会話の上でも女に接待されて当然というところがある。大人しいクラーラには辛いはずだ。

だが、ザカライアはそうしたタイプではないのだろう。クラーラの目には好ましい紳士に映っているに違いなかった。

『まさか、レオノーラがザカライア様と知り合いだったなんて！　レオノーラ、あなたはやっぱり特別な人よ』

『いやいや、特別なのはクラーラでしょ』

一方、ザカライアの友人のオリヴァーは対照的に、ザカライアと同じく社交的な性格だった。見目もよく褐色の髪と同じ色の野性味のある瞳が魅力的だ。加えて、気取りがなくざっくばらんで話しやすい。

レオノーラもすぐに親しくなることができた。

会話が盛り上がるのに任せボートに乗ることになった時、二人一組になるのでどんな組み合わせにしようかと話し合い、レオノーラの提案でザカライアはクラーラと、レオノーラはオリヴァーと組むことになった。

誰も反対しなかったのでレオノーラは胸を撫《な》で下ろし、オリヴァーとのボート乗りを楽しんだ。

「ねえ、オールを貸してくれる？」

ボートを漕《こ》いでいたオリヴァーは「あんたがかい？」と目を見開いた。

「でも、女だろ」

「力仕事は得意なのよ。ずっとやってもらうのも性に合わないわ」

「……へえ」

オリヴァーは素直にオールを渡してくれた。レオノーラがすいすいとオールを操るのを見て、ピュウッと口笛を吹いてみせる。

「その細腕でやるね。というか、もしかして労働者の経験あり？」

「そうじゃないけど、昔なんでも一人でやらなくちゃいけなかったから。私、両親がいないのよ。だから親戚の家をたらい回しにされたの」

詳細までは語らなかったが、オリヴァーはそれである程度察したらしい。

「なるほどなあ。根性あるね」

オリヴァーは膝の上に手を組んだ。

「ザックがあんたを気に入ったわけがわかったよ」

ザックとはザカライアの愛称らしい。あだ名呼びを許されているということは、ザカライアとはかなり親しいのだろう。

「気に入った？」

「ああ。あいつが自分から女に絡みたがるなんて初めてだったからさ」

「……」

なんと答えればいいのかわからない。

「あいつ、誰にでも人当たりいいだろう」

「まあ、そうね」

「人付き合いの範囲が広いから、処世術として身に付いたんだろうな。誰に対しても親切で。来る者拒まず去る者追わず。だから、はっきりきっぱりしたあんたがもの珍しいんだよ」

「……」

いわゆる「面白い女」扱いされたようで気分はよくない。

「こっちは珍獣じゃないから勘弁してほしいんだけど……」

「なんだ。王弟殿下に気に入られたのに嬉しくないのか?」

「人当たりがいいって言うけど、そんなことないと思う。私にはちょっと付き合いづらくて……」

というよりは、どう対応すべきなのか毎度迷う。

「ザックが?」

オリヴァーが驚いたようにザカライアが乗るボートに目を向ける。ザカライアはボートを漕ぎながらクラーラと談笑していた。

その視線が不意にオリヴァーとぶつかる。二人はしばし見つめ合っていたが、先に目を逸らしたのはオリヴァーだった。

「あー……そういうことか。なるほどね。こいつは面白くなってきた」

「何？　私にもわかるように説明してくれない？」

「なあ、あのクラーラって子はザックが好きなのか？」

「うん、憧れているって聞いたの。せっかくだから同じボートにしてあげようと思って」

実際には自分がザカライアと一緒に乗りたくなかっただけなのだが。

「だから、お膳立てをしたと」

オリヴァーはぷっと噴き出したかと思うと、腹を抱えて笑い出した。

「いやあ、傑作だ」

「もう、さっきからなんなのよ」

「あんたもさ、賢い女だと聞いていたけど、俺からすりゃまだまだガキだな」

「……？」

オリヴァーが何を言いたいのかがさっぱり理解できなかった。

「そりゃあ、私だって世間の全部をわかっているわけじゃないわよ。まだ学生なんだから当たり前でしょう」

「いくつだっけ」

「十六歳」

「うわ、俺より五つも下？　そんな感じしないな。老成してるって言うか……世間ズレ？」

「……よく言われるわ」

顔立ちは童顔の部類に入るのだが、態度がちっとも初々しくないので、むしろ老けて見られることが多かったのだ。

「まあ、とにかく、ザックと仲良くなっておいて損はない。王弟殿下の友人ともなればあんたも随分やりやすくなると思うぜ」

「……そうかしら」

「疑い深いなあ。俺がそうなんだから」

オリヴァーは親指で自分を指差した。

「俺もさ、あんたと同じ有名人。聞いたことないか？」

「……」

まったくなかった。何せ、大学には友人がいないのだから。

オリヴァーは「知らないのかよ」と苦笑すると、なぜか数十メートル離れた先にいるザカライアをチラリと見た。

「……俺、一応ハーバート侯爵家の次男ってことになっているけど、妾腹《しょうふく》なんだ」

「あら、そうなの」

それ自体は貴族社会では珍しくはない。

正妻に子が生まれずに妾腹の子を引き取り、正妻の養子にするのはよくある話だ。妾腹の子が優秀な場合、引き取って教育し、家のために働かせることも少なくない。

オリヴァーは後者なのだと思いきや、事情はより深刻だった。

「おまけに母親は場末の娼婦ときた」

さすがのレオノーラも目を見開く。

貴族の愛人は平民が多い。ところが、オリヴァーはそれですらなく、ブリタニアでもっとも蔑まれる娼婦腹だという。

「正妻腹の兄貴の出来が悪くてさ。それで次男として迎えられたってわけ。わかる？　将来奴《やつ》の尻拭いをするためさ。さすがに跡継ぎにはできないけど、利用はしてやろうってわけさ」

だから、大学にまで行かされたのも決してオリヴァー自身のためではないと。

貴族社会はとにかく出自や血筋に厳しい。誰が正妻の子で、誰が妾腹かの情報はすぐ出回る。オリヴァーも例外ではなかった。

「まあ、初めはひどいもんだったぜ」

しかし、今後も貴族社会で生きて行くためには、自分を見下す輩《やから》の靴を舐《な》めなければならない。

「そうするうちにちょっとマシになってきて、ザックと知り合ってやっと貴族社会の一員になれたってわけ」

「……苦労したのね」

「あんたもさ、突っ張ってばかりいないで、ちょっとはプライドを捨てたらどうだ？　かなり楽になるぜ」

「……」

レオノーラは首を横に振ると、オールを持つ手に力を込めた。

「あなたはそれでよかったのかもしれないけど私には無理」

「どうして」

「この通り私は女でしょ。何かと見返りを求められるのよ」

オリヴァーはレオノーラをまじまじと見つめて苦笑した。

「ああ……なるほどなあ。あんた、見てくれだけはいいもんな。騙《だま》される男も山といそうだ」

「だけとは何よ。騙すつもりなんかないわ。なのに、向こうから寄ってくるの」

「なるほど、花に集まる蜂《はち》……ってより蠅《はえ》みたいなもんだな」

さすがに蠅呼ばわりはひどいと思いつつレオノーラは空を見上げる。

「一応、皆に馴染《なじ》もうとしたことも、媚《こ》びてみたこともあるのよ。でも、反発した時より反応はよくなるどころか、かえって見下されるばかりだった。なら、私自身が納得できる方法を貫《つらぬ》こうと思ったの」

同じ苦労をするなら納得できる苦労がよかった。

「自分で選んだ道なら迷わず歩いていけるもの」

オリヴァーの褐色の瞳がわずかに見開かれる。

「……あんた、いい女だな」

「止めてよ、気持ち悪い」

「おいおい、ひどい言いようだな。でも、うーん、ザックが惚《ほ》れるわけがわかった」

「ちょっ、縁起でもないこと言わないで」

ザカライアが自分に惚れているなど有り得ない。あってほしくない。これ以上生活を掻《か》き乱《みだ》されたくはなかった。

「縁起でもないって気持ち悪いよりひどいぞ。なあ、ザックと結婚すれば王弟夫人でそんな苦労をしなくても済むぞ。いっそ玉《たま》の輿《こし》を狙ってみろよ」

ザカライアは恐らく卒業後臣下に下り、爵位と領地を与えられる。唾をつけておいて損はないと。

「冗談じゃないわよ。それに、遊ばれて終わるのが関の山だわ」

そうならないために勉強に励み、自立を目指しているのだ。愛人人生などまっぴらごめんである。

オリヴァーが顎に手を当てうーんと唸る。

「これはザックも苦労しそうだな。あんたがザックに落ちるか、落ちないか、誰かと賭けてみたくなった。俺はもちろん落ちる方」

「……もう」

レオノーラはオリヴァーの好き勝手な態度に呆《あき》れたが、それでオリヴァーを嫌いになることはなかった。

むしろ、本音をポンポンと出すので気持ちいい。ネッチョリした意地悪しかできない、年上の男子学生たちより一億倍マシだった。

「あなたが負けるから止めた方がいいわよ」

「……そうかな？」

オリヴァーの意味深な一言を無視し、一通り湖の中の観光スポットを楽しむと、船着き場にボートを止める。ザカライアたちも戻ってきたところだった。

「ねえ、次は――」

お茶を飲みに行こうと提案する間もなく、ひょいとザカライアに腰を抱き上げられる。

「えっ」

「えっ」

「えっ」

ザカライア以外の全員が呆気《あっけ》にとられる間に、ザカライアはレオノーラをボートに置いた。自分も乗り込みオールを握る。

「交換だ。今日は四人の交流を深めるためだからね」

「ちょっ……」

レオノーラが止める前にボートが出てしまう。

船着き場でオリヴァーが腹を抱えて笑っているのが見えた。

ザカライアはオールを漕ぎながら「いい景色だね」と笑った。

「……ソウデスネ」

「君と一緒に眺めたかったんだ」

やはり居心地が悪い。黄金色の瞳に見つめられると、目を逸らしたい思いに駆られたが、先に逸らすのはなんだか悔しい。

負けず嫌い根性が騒ぎ、ええい、負けてなるものかと睨《にら》み返《かえ》していると、ザカライアが先に視線を外した。しかも、なぜか頬をわずかにポッと染めて。

その乙女のような反応はなんだと目を瞬かせる間に、不意にぱしゃりとオールではない水音が立った。

「きゃっ！」

近くを泳いでいた魚が跳ねたらしい。結い上げていた髪が濡《ぬ》れたので、乾かそうと解いて風に流した。

何気なく根元から掻《か》き上げると、長いピンクブロンドがふわりと舞い上がる。

「この辺、釣りは許可されているんでしょうか。大丈夫そうなら釣って晩ご飯にするんですけど」

「……」

ザカライアが食い入るようにこちらを見つめているのに気付く。

「殿下、どうなさいました？」

「……いいや。やっぱり今日来てよかったと思ったのさ」

レオノーラにはザカライアの微笑みの理由がまったくわからなかった。


結局、その日もザカライアに振り回されっぱなしで、体力には自信があったのに精神的にはぐったりしてしまった。

やはりこの王弟殿下は苦手だと自覚し直す。

一方、ザカライアは疲れをまったく見せなかった。

「じゃあ、夕食に行こうか。いい店を知っているんだ」

「待ってください。あまり高いところは私無理なので、遠慮したいんですが」

「もちろん、私の奢りだよ」

「……」

借りは作りたくなかったのだが、クラーラが目を輝かせ、「ありがとうございます！」と頷いてしまう。

クラーラを男二人の元に残すわけにもいかないので、結局レオノーラも付き合う羽目になってしまった。

——店はブリタニア料理を提供する、中流階級向けのレストランだった。

売却された貴族のタウンハウスを内装やそのままに、レストランに改装してあるので、一見高級店に見えるのが心憎い。

しかも、料理の価格は手頃で味は絶品だった。

四人掛けの丸テーブルを囲み、シェパーズパイを分け合う。

「私、シェパーズパイを食べるの初めてなんです。これが平民の皆様のお料理なんですね。素朴な味で美味しい」

本物の深窓の令嬢のクラーラが感激している。

一方、本物の貧乏に慣れているレオノーラと、これまた本物の貧困層出身のオリヴァーにとっては、馴染み深いどころか贅沢な料理だった。

「これ、グレービーソースかけても美味しいのよね」

「俺んちじゃおふくろと一緒に二日かけて食べていたな。美味すぎて一気に平らげるのもったいないんだよな」

「足りないならもう一皿頼むから、遠慮なくどうぞ」

ここまで来れば開き直るしかない。

レオノーラはシェパーズパイを初めとした料理を次々と頬張った。

「レオノーラ、相変わらず美味しそうに食べるわね」

「実際、美味しいもの。食べている時が一番幸せだわ」

愛がなくても恋をしなくても人は生きていけるが、食えねば死んでしまうのだから。

オリヴァーが呆れたようにフォークを上下に振る。

「色気ない女だなあ」

「色気より食い気よ」

クラーラはレオノーラの遣り取りを眺めていたが、やがて遠慮がちに「あなたたち、息が合うのね」

とクスッと笑った。

「ええ⁉」

「ええ⁉」

思わずオリヴァーと顔を見合わせる。

「息ピッタリと言えばそうかもしれないわね」

「まあ、俺たち同類だからなあ」

しかし、オリヴァーとの間に愛が芽生えるなどということは、百パーセントないと互いによく理解していた。似すぎていると自分を相手にしているようで、友人にはいいが伴侶としてはうんざりしてしまうものだ。

「ねえ、二人に婚約者はいないの？」

クラーラに問われ同時に「いるはずないじゃない」と答える。

「私と結婚したいなんて物好きがいると思う？」

「俺も立場が立場だからなあ。縁談なんて全然来ないぞ」

「じゃあ、レオノーラとオリヴァー様が婚約すればいいじゃない」

やはり「はあ⁉」と同時に声を上げる。

「止めてよ。冗談じゃないわ」

「もっと女らしい女が好みなんだよな……」

息ぴったりの二人にクラーラが笑う。

「ふふっ、やっぱりお似合いよ」

レオノーラはその時楽しく盛り上がっていたため、まったく気付いていなかった。

ザカライアがニコニコしていながらも、その黄金色の目は笑っておらず、また以降一言も発言しなかったことに。

＊＊＊

クラーラが「婚約した」と打ち明けて来たのは、翌年レオノーラたちが十七歳になった秋の日。

「実は、もうすぐ学校をやめるの」

「えっ……」

「結婚が決まって……。できれば卒業式までいたかったんだけど、結婚相手のお母さんが亡くなりそうで、それまでに式を挙げたいそうなのよ」

何もかもが枠外のレオノーラはともかくとして、十代で婚約し、二十歳前後で結婚するのは貴族令嬢では一般的な流れだ。

だが――。

「誰と？」

「両親が勧めてくれた人と」

なんと二十歳年上の、裕福な毛織物商人なのだとか。

「爵位はないけど、とても優しい方《かた》なのよ」

裕福な平民と名家の令嬢との結婚――これまた昨今珍しくない組み合わせだった。

「結婚って……クラーラはそれでいいの？」

クラーラはザカライアを慕っていたはずだ。

クラーラはベッドに腰掛け小さく頷いた。

「今まで自由にさせてもらったから」

実はクラーラの両親はクラーラの女学校への進学に反対していたのだという。令嬢の勉強は家庭教師で十分だと。名家であり厳格な家庭ゆえに、大事な娘を自分たちの目の届くところに置き、守っておきたかったのだろう。

「でも、私が我が儘《まま》を言ってこの学校に通えることになって……」

代わりに在学中に婚約して、卒業後に結婚すると約束させられた。

十五歳から始まった王都での学校生活は、毎日がキラキラ輝いて見えたとクラーラは語った。

「ザカライア様とレオノーラのおかげよ。私が知らなかった世界をたくさん見せてくれた。もう十分よ」

「そんな……」

レオノーラはクラーラが好きだった。

というよりは、憧れだったのかもしれない。親兄弟が全員生きており、しっかりとした家庭出身で、何不自由なく育ち、優しく、美しく、女性らしく、自分にないものをたくさん持っていたから。

羨《うらや》ましいと思うことはなかった。手の届かない星に嫉妬はできない。

また、クラーラには同性のレオノーラですら、守ってやりたいと思わせる女性らしいか弱さがあった。だから、同じ年だが妹のように感じていたのだ。

そんなクラーラに何かしてやれることはないか。

レオノーラは考えに考え、ある日ようやく思い付いた。

ザカライアと思い出作りができないか。

そこで、週末ザカライアに外食に誘われた際、頭を下げて頼んでみたのだ。


「――クラーラ嬢と二人で出掛けろ？」

レオノーラは頷いてザカライアにもう一度頭を下げた。

「お願いします……！」

いくら友人同士であっても、王弟ともあろう方に頼むことではない。

だが、必死だったのだ。クラーラはそれだけ大切な親友だった。

「今までオリヴァーと私、四人で遊びに行くことが多かったでしょう？　そうじゃなくてクラーラと二人きりでデートしてあげてほしいんです。ほんの一日でいいんです」

ザカライアはなんだかんだで付き合いがいいので、引き受けてくれるのではないか――レオノーラの予想はいつになく不機嫌そうなザカライアに呆気なく覆された。

「なぜ私がそんなことをしなければいけないんだ」

「なぜって……」

ザカライアがクラーラの好意に気付いていないとは思えなかった。

「クラーラは殿下を慕っていると思うんです。でも、もうすぐ結婚することになるから、最後に綺麗な思い出をあげたくて……」

レオノーラのできることならなんでも喜んでしてやっただろう。だが、ザカライアにしか可能ではないから頭を下げているのに。

ザカライアはナイフとフォークを空になった取り皿の上に置いた。

「君は傲慢だな、レオノーラ」

「えっ」

「私が君の頼みならなんでも引き受けると思っていたのかい？」

まずい。理由はわからないが、どうも怒らせてしまったらしい。

「……すみません。そうは思っていません」

怒りがクラーラに向いては困るので慌てて謝る。

「やはりダメでしょうか……」

「いくら君の頼みでも聞けることと聞けないことがある」

「そう、ですよね……」

がっかりして肩を落とす。

それにしても、まだ婚約者もいないはずなのに、なぜ女性とデートの一つや二つしないのか。同じ王侯貴族の男子学生の中には、すでに娼館通いをしている者もいるのに。

ともあれ、ここまで嫌がるのに無理強いはできない。もう一度謝り懐《ふところ》から昼食代を出した。

「これ、私の分です。変な頼み事をして申し訳ございませんでした。では」

一礼して立ち去ろうとしたところで、手首を掴まれたのでぎょっとする。

「待て。君はなぜそうもサバサバしているんだ？　ちょっとくらい駆け引きをしようとは思わないのか」

ザカライアはなぜか焦った顔をしている。わけがわからなかった。

「駆け引きと言いますと？」

ザカライアは前髪を掻き上げて溜め息を吐いた。

「……そうだったな。君は人を試す真似《まね》なんてする人じゃなかった」

レオノーラを再び座らせ、テーブルの上に手を組む。

「わかった。クラーラ嬢とのデートは引き受けよう。ただし、条件がある」

「……！」

レオノーラは嬉々《きき》としてザカライアに飛び付いた。

「なんでしょう？　なんでもします！」

「今日一日私に付き合ってくれ」

なんだ、それだけでいいのかと二つ返事で「承知しました」と頷く。

しかし、続いての条件は少々受け入れがたかった。

「それと、今日から私を殿下ではなくザックと呼ぶこと」

「ええっ」

オリヴァーがいつも呼んでいる愛称ではないか。

「私は君を呼び捨てにしているだろう。私は君と対等になりたいんだ」

「は、はあ……かしこまりました」

かなり抵抗感はあったものの、クラーラに付き合ってくれるなら、我慢しなければならないと自分に言い聞かせる。

「まったく、クラーラ嬢が羨ましいよ」

ザカライアは苦笑してレオノーラを見つめた。

「えっ、どうしてですか？」

「……」

ザカライアはやれやれと言ったように首を小さく横に振ると、「なら、行こうか」と席から立ちレオノーラに手を差し伸べた。

エスコートに躊躇《ためら》うレオノーラの手に、支払ったつもりだった昼食代を握らせる。

「これは私の分で……」

「今日はすべて私の奢《おご》りだ。これも条件の一つだよ」

そう笑って押し付けられると、レオノーラも何も言えなかった。


ザカライアに連れて行かれた先は、現在開催中の万国博覧会だった。

万国博覧会とは各国の様々な物品を集め、展示する博覧会のことで、三年に一度友好国内で執り行われる。

今年はブリタニア王国の王妃が主催することになっていた。

世界の特産品を一挙に見られる機会だったので、レオノーラもできれば行きたかった。だが、奨学金を切り詰めて暮らす身にはチケット代が高価すぎ、諦めていたのだ。

ザカライアはさすが王族、長蛇の列が並ぶ一般客向けの出入り口ではなく、ＶＩＰ専用の玄関からほぼ顔パスで入場した。

「ほら」と冊子を手渡される。

「パンフレットだよ。地図もあるから、行きたいところを決めるといい」

「え、ええっと……」

やはりザカライアの言動にはいつも戸惑ってしまう。自分らしさが維持できないので居心地が悪い。

「どこがいい？　ほら、宝飾品やドレスの展示場もある。君はどの宝石が好きなんだ？」

「あ、エメラルドが……。服や小物もエメラルドグリーンが好きです」

宝石にも宝飾品にもそれほど興味はなかったが、エメラルドは自分の瞳と同じ色だから好きだった。

ザカライアはまじまじとレオノーラを見下ろしていたが、やがてくすりと優しく笑ってレオノーラの目を覗き込んだ。

距離が一気に近くなり心臓がドキリとなる。

「あ、あの……」

「私もエメラルドが一番好きだよ。新緑にも深い海にも似ている」

「……」

「さあ、行こうか」

手を繋《つな》がれたのでぎょっとする。しかも、指まで絡められている。

「こ、これも条件なんですか？」

「ああ、そうだ」

そう頷かれると引っ込めることなどできなかった。

まずはザカライアの希望した古代美術ブースに向かう。

「わあ……」

思わず声を上げる。

全面ガラス張りの会場の中に、等間隔で彫像が並べられている。

古代の神話の女神の裸身象、滅んだ大帝国の英雄の記念像、植物の意匠の美しい貴人の石棺もあった。

「こんな昔にこんなに綺麗なものが作れたなんて」

人が美を求める心は今も昔も変わらないのだと感動する。

「彫刻は好きかい？」

「はい。絵画や建築も好きです」

「……そうか」

ザカライアはなぜか嬉しそうだ。

「あっ、この彫像って歴史の教科書に掲載されていましたよね？」

「ああ、本当だ」

いつの間にか気まずさも忘れ、展示物に夢中になっていた。

世界各国の歴史と美術を堪能したのち、今度は広々としたドーム状のガラス造りの温室に移動する。

温室だけでも見物《みもの》のここは植物園だ。初冬の今は冷たく弱い、だが清廉な日の光が当たって、薄黒い雲に覆われたブリタニアの冬の空の下で宝石のように輝いていた。

ドーム内は温室になっており、外套《がいとう》なしでも快適に過ごせるようになっている。

「わあ、すごい。どれも見たことがないわ」

バナナと呼ばれる南国の植物も、ユキノシタと呼ばれる北国の野の花も、すべてが珍しく美しかったが、中でもレオノーラの目を引いたのが、東洋の果ての国から来たある一本の樹木だった。

「えっ、アーモンド？」

枝についた蕾《つぼみ》が綻ぶどころか満開になっている。

よく見ると花のピンクがアーモンドより濃い。それに、アーモンドの花が咲くのは春だ。初冬ではない。

ザカライアがレオノーラの隣に立ち、「これは桜だね」と説明してくれる。

「アーモンドとは同じバラ科だから、よく似ていると書いてあるよ。ほら、解説パネルに書いてある」

「でも、アーモンドの花が咲くのは春ですよね」

解説パネルにも冬に咲くとは書かれていない。

ザカライアがふとその黄金色の瞳を桜の花に向けた。

「狂い咲きだね。温室のせいだろうな。温かくて、春になったと植物が勘違いしたんだ」

狂い咲き――なんと妖《あや》しくも儚《はかな》い、美しい言葉なのだろうか。

「……春に咲く花より綺麗ですね」

「より必死に咲いているからかもしれないな。明日にはどうなるかわからないだろう？」

「より必死に……」

レオノーラは再び桜を見上げた。

土に力強く根を張り、幹を逞《たくま》しく成長させ、光を受けるために枝を伸ばし、厳しい冬に凛として咲き誇る、その姿に憧れる。

狂い咲きの桜のように生きたいと思った。

ザカライアに「レオノーラ」と声を掛けられ我に返る。

「そんなに桜が気に入ったのかい？」

「はい……。夢のように綺麗で」

ザカライアは目を細めてレオノーラの髪に触れた。

「で、殿下？」

「今日はザックと呼ぶ約束だよ、レオノーラ」

「あっ、ごめんなさ――」

謝罪の言葉は最後まで言えなかった。

ザカライアが唇を落としたからだ。

そよ風のように優しく、ほんの一瞬の口付けだった。

だが、レオノーラにとっては初めてのキスだった。

呆然とするレオノーラのピンクブロンドにザカライアの指先が触れる。

「レオノーラ、君が好きだ」

「……」

「もう私の好意に知らない振りはしないでほしい」

心臓が早鐘《はやがね》を打ち始める。猛スピードで押し出される血液が、熱を伝えて瞬く間に頬だけではなく全身がカッとする。

「すまない、レオノーラ。急ぎすぎた。だけど、本気だということだけはわかってほしい」

「……?」

気が付くとじりじりと後ずさってザカライアから距離を取り、くるりと身を翻して逃げ出していた。

「レオノーラ!」

ザカライアの制止を振り切って走り出す。

ぐるぐると脳内をザカライアの告白の言葉が回っていた。

君が好きだ。君が好きだ。君が好きだ……。

――途中で逃げ出してしまったというのに、ザカライアは約束を守ってくれ、翌週クラーラとデートしてくれた。

クラーラは恋する乙女らしくザカライアの誘いに大層喜び、彼女によく似合うアイボリー色のドレスを着て、蒸気機関車で遠出をするのだと笑って出掛けていった。

「お土産買ってくるわね！」

レオノーラはその後ろ姿を見送って、一人寮のベッドの中で丸まった。

「……どうしよう」

まだ頭の中でザカライアの告白の台詞《せりふ》がぐるぐる回っている。

いつものレオノーラなら休日にも開館されている大学図書館で勉強するか、寮に借りた本を持ち込んで教養を身に付けるための読書に勤《いそ》しむ。

ザカライアやオリヴァー、クラーラとの外出はあくまでイレギュラーなのだ。

そもそも、男性の友人ができると思っていなかったので、この三人と週末出掛けるようになったのはまったくの想定外だった。

初めは居心地が悪かった。特に、ザカライアのそばにいると、自分の価値観を否定されているような、肯定されてもいるような、どっちつかずの態度に苛立《いらだ》ち、こちらももっとザカライアの意見を聞きたいような、聞きたくないような気持ちになる。

ところが、慣れてくると、これが思い掛けず楽しい。オリヴァーとの遠慮のない口喧嘩《くちげんか》や掛け合いも、大人しかったクラーラが二人に打ち解けて、笑顔を見せるようになったのも嬉しかった。

王侯貴族だからといって、高慢な人間ばかりではないと知ることができたし、自分を受け入れてくれる人もいるのだと感じて、世界は美しいのかもしれないと思えるようになっていったのだ。

それだけに、今までの関係をがらりと変えるような一言を告げられ、まったく対処できずに逃げ出してしまった。

「テストの解答だったら簡単に答えられるのに……」

一体、なんと返事をすればよかったのか。

悶々《もんもん》とする間に昼が過ぎ、夕暮れ時となり、夕食を知らせる寮の鐘が鳴る。

レオノーラは身を起こして窓の外を確認したが、まだクラーラが帰ってきた様子はない。

ザカライアとまだデートを楽しんでいるのだろうか。

そう思うとなぜか胸の奥がズキリと痛んだ。自分から言い出したことなのに、なぜ傷付いているのかと唇を噛《か》む。

「夕食、どうしよう……」

学食での食事は休日にも希望者に提供され、レオノーラも申し込んでいたのだが、その夜は恐らく生まれて初めて食欲がなく、結局やっぱり止めると連絡を入れた。

「……こんなの私らしくない」

溜め息を吐いて椅子に腰掛け、勉強机に突っ伏す。

人間関係で悩むなど時間の無駄だと思うのに、自力では心の靄《もや》を払いきれない。

我ながら女々しい態度が嫌になって、気を取り直そうと国史の教科書を開いた。

「あっ」

次回の授業でやるはずのページを捲《めく》り、思わず声を上げる。

ザカライアの父親である先代国王の肖像画が掲載されていたからだ。

改めてどれだけ近くにいようと、世界の違う人なのだと実感する。

そこで寂しいと思ってしまった自分に気付き、レオノーラは首をぶんぶんと横に振った。

告白され、キスされた程度で意識するなど冗談ではない。

「ああ、もう！」

冷水で顔でも洗おうと腰を上げる。同時に、二人部屋の扉が開けられ、クラーラが「ただ今！」と笑顔を見せた。

「あっ、お帰り」

なぜか後ろめたくてクラーラから微妙に目を逸らしてしまう。

「楽しかった？」

「ええ。蒸気機関車ってすごく速く走って驚いたわ」

クラーラはお土産だと菫《すみれ》のジャムの瓶詰めを二つくれた。

「わあ、ありがとう」

喜ぶレオノーラの笑顔を見てふと微笑み、クラーラはアイボリーのドレスを着たままベッドに腰を下ろす。

潔癖な彼女には珍しい。外に出て帰ったあとには、必ず入浴と着替えを済ませるまでは、シーツに触れようともしなかったのに。

クラーラは胸に手を当てて目を閉じた。

「今日ね、ザカライア様とたくさんお喋りしてきたの」

「そ、そう」

「ほとんどがレオノーラの話題ばかりだったわ」

「えっ……」

「共通の話題があなたしかなかったってこともあるけど……」

「ありがとう」とそのままの姿勢で礼を言う。

「ザカライア様は何も言わなかったけど、今日のデートもあなたが頼んでくれたんでしょう?」

「何言ってるの」

「いい思い出になったわ。私、これでもうなんの後悔もない」

幸福そうなクラーラを見て罪悪感に胸が痛む。

自分はとんでもない傲慢な真似をしでかしたのではないか。

今更後悔の念が湧いてくる。

「ちゃんと好きって告白もしたの」

「えっ……」

「一生分の勇気を振り絞ったわ」

「それで……殿下はなんて答えたの？」

クラーラはふふっと微笑みを浮かべた。

「内緒。これは私とザカライア様だけの秘密」

初めて見るクラーラの表情にドキリとするのと同時に、ザカライアが一体なんと答えたのか気になってしまう。

これではクラーラと同じ、恋する乙女ではないか。

心の中で違うと否定し、「私、あの人が苦手なだけよ」、と言い訳をして本を閉じる。

「いい思い出になったならよかった」

「……うん、そうね。じゃあ、私、シャワー浴びてくるわ」

レオノーラはクラーラが入浴に行くのを見送り、なぜザカライアを苦手だと感じるのかとみずから に問い掛けた。すぐに答えに辿《たど》り着《つ》いて溜め息を吐く。

——怖いからだ。

ザカライアのそばにいてその言葉を聞いていると、自分の中の何かが大きく変わってしまいそうな気がして。

それを恋と呼ぶべきなのかどうか、ずっと勉強と独り立ちのことばかり考えていて、人を愛したことのないレオノーラには判断できなかった。

翌々日は月曜日で当然のように大学の講義があったのだが、ザカライアも受講しているはずなので気が重かった。

一体どんな顔をして会えばいいのか。

なるべく遅く授業に来て、離れた席に座ろうと企み、チャイムが鳴るギリギリのところで講義室に入る。

すでに着席していた男子学生たちの視線が一斉に向けられる。これはいつものことなので気にせず、ザカライアの姿を探したがどこにもいない。

ザカライアは男子学生の中でもトップに君臨する真面目な学生で、今まで一度も遅刻をしたことがないのに、その日に限ってまだ講義室に来ていなかった。

仕方なく一番前の左端の席に腰を下ろす。

ザカライアは抗議開始一分前になってもまだ来ない。我が事でもないのに遅刻しないか、評価を落としやしないかとハラハラしてしまった。

だから、ザカライアが開始のチャイムが鳴るのと同時に、講義室の扉を開けてやって来たときには胸を撫で下ろしてしまった。

すぐに我に返りカバンに手を突っ込む。ザカライアを心配するあまり、教科書とノートを出すのも忘れていたのだ。

一体何をやっているのだと自分を叱り付け、鉛筆を取り出したところではっとする。資料集がない。

また男子学生たちの嫌がらせかとげんなりしつつ、今日の講義は図説がないとにっちもさっちもいかないので、どうしたものかと頭を捻《ひね》る。

とはいえ、ないものは仕方がない。後日新しい資料集を買って、復習しようと考えていると、すっと目当ての資料集が目の前に差し出された。

「えっ……」

思わず顔を上げる。

ザカライアだった。

いつもの愛想のいい笑顔だ。

「一緒に使おう」

「……」

いつの間にやら隣の席を陣取っている。

やられたと天井を見上げ、次第に笑い出したい気分になってきた。

「……ありがとう。じゃあ、遠慮なく」

ザカライアは単に年上であるだけではなく、もう心が大人なのだ。なのに、自分はなんて子どもっぽいと苦笑する。

誰かに、それも男に心を許すなど有り得なかったが、人生で一度くらいは差し伸べられた手を取ってもいいのではないか。

「殿下」

レオノーラが声を掛けると、ザカライアは「ザックだよ」と訂正した。

「前そう呼んでくれって言っただろう?」

まったくこの人はと苦笑しつつ、形のいい耳元に唇を寄せる。

「前の告白の返事、今お伝えしますね」

黄金色の瞳が大きく見開かれる。

二人だけにしか聞こえない返事に、ザカライアは今まで見たことのない、飾り気のない満面の笑みを浮かべ、やはり誰にも見えないようにレオノーラの頬に口付けた。

＊＊＊

恋人同士となったことは、レオノーラの希望で誰にも知らせず、二人きりの秘密にしようということになった。

何せ、王弟と今は見る影もない没落貴族の令嬢。どう囃《はや》し立《た》てられるかわかったものではない。また、これから先どうなるのかもわからないのだから。

しかし、ザカライアは公表できないことが不満だったらしい。

図書館で揃《そろ》って勉強をしていたある日曜日の午後、なんと「いっそ婚約しないか」と申し出てきた。

「はあ⁉　婚約⁉」

国史の文章問題の解答を書き留める手が止まる。

「そうだ。婚約者になれば誰も文句は言わないだろう」

「でん……ザック、聞いて。あなたは王族なのよ。そう簡単に結婚を決められる立場じゃないでしょう」

たとえ臣下に下ることになっても、公爵以下の地位にはならないはずだ。当然、兄である国王に勧められ、政略結婚をすることになるはずだった。

「政略結婚だなんて時代遅れな。私の両親は恋愛結婚だったよ」

「それはあなたのお母様がもともと身分が高かったから認められただけで……」

「後妻だったこともあったかもしれないな。最初の妃とは政略結婚だったそうだ」

いずれにせよ、ザカライアが王弟であるのには変わりない。没落したレオノーラの実家とでは格差がありすぎる。どう考えても貴賤《きせん》結婚になってしまう。

レオノーラはザカライアの評判を落とすのが怖かった。

「なら、君は私と生涯をともにする気はないのかい？」

黄金色の瞳で真《ま》っ直《す》ぐに見つめられ言葉に詰まる。

「だって……私……結婚なんてまだ考えられなくて……」

「……そうだな。君はまだ十七だった。すまない。私が急ぎすぎた」

ザカライアはレオノーラの頭にそっと手を置いた。

「君の気が変わるまで待つよ」

ごめんともありがとうとも言えずに俯《うつむ》くしかなかった。ザカライアの思いに答えられないのが辛かった。

だって、世間から大反対されるに決まっている。

確かにこの数十年でクラーラの婚約者のように、平民出身の成功した実業家が貴族の令嬢を娶《めと》ったり、逆にそうした実業家の令嬢の元に婿入りしたりする没落貴族の貴公子も珍しくはなくなった。

しかし、それでも王族にまだ貴賤結婚した者はいない。ザカライアに迷惑を掛けたくなかったし、レオノーラにも自信がなかった。

というよりは、ずっと一人で生きて行く想定をしていただけに、誰かと一緒になる自分の姿が想像できなかったのだ。

まだザカライアを信じ切れない疑い深い自分も嫌だった。心は預けられても未来までは託せない。

やはり、ザカライアとの交際は間違いだったのではないか。ザカライアはもっと身分が高く、優しく、美しい女性の方が相応《ふさわ》しいのではないか。

恋とはこんなにも迷うことが多いのかと思い知らされる。特にザカライアに立場がある以上、ただ互いに好き合っているというだけでは済ませられない。

恋とは思いが通じ合って、めでたし、めでたしで終わるわけではないのだ。現実が伸《の》し掛《か》かってくる。

そして、レオノーラはどれだけ強がっていても、結局はまだ十七歳の少女でしかなかった。自分一人の心を支えるだけで精一杯だったのだ。

レオノーラの心境を感じ取ったのだろうか。

ザカライアは最終学年の四年生となり、やはり学生時代最後の春休暇の初日、レオノーラを遠出に誘った。

「北部の森林地帯に行ってみないか。君はまだ蒸気機関車に乗ったことはないだろう?」

蒸気機関車はまだ商業化して間もなく、一番安い三等席ですらレオノーラには手の届かない金額だった。

「う……ん」

ザカライアと一緒ならもちろん乗りたいが、奢《おご》られることになるのだと思うと気が乗らない。

ザカライアはそんなレオノーラに微笑みかけた。

「もうすぐ十八歳の誕生日だろう?」

「あっ……そういえば」

勉強、勉強の日々ですっかり忘れていた。去年の今頃はクラーラが祝ってくれると申し出てくれて、ザカライアやオリヴァーも賛成してくれたのだが、ちょうど全員のレポート提出時期と重なっておじゃんになったのだ。

「だから、これはプレゼントだと思ってくれ。もちろん受け取ってくれるね?」

「……もう」

ザカライアはずるいとレオノーラは思う。結局こうして言いくるめてくるのだから。そして、ザカライアにだけはしてやられても、今はもうまったく悔しいと思わなくなっていた。

こうして大学帰りの王立公園のベンチで二人寄り添い合って座り、肩をそっと抱き寄せられても嫌ではない。それどころかほっとして安らぎを覚え、誰かに身を任せるのもいいものだと感じたほどだ。


「わあ……すごい！」

蒸気機関車を初めて目にしたその日、レオノーラは子どものように歓声を上げた。

「動力源が蒸気ってすごいアイデアね。ねえ、エンジンを見ることはできるの？」

「頼めば大丈夫だと思うよ」

豪奢《ごうしゃ》な内装の一等席で澄ました顔で腰掛けているよりも、蒸気機関車の仕組みや窓の外を次々と流れゆく景色の方がよほど楽しかった。

到着した駅から見る眺めにも目を奪われた。

「すごい。森と、川の支流だらけ」

しかも、王都では滅多《めった》に見ることのできない大木が多い。

「だろう？　ここはノースウッドと呼ばれている土地で、何百年、何千年も生きた古木がたくさんあるんだ」

「何千年⁉」

何百年まではまだわかるが何千年はすごい。

「あの森の中は猟師用の道があって、散策できるようになっているんだ。さあ、行こう」

ザカライアはごく自然にレオノーラの手を取った。

「えっ……」

そのまま森を目指してどんどん歩いて行く。

こうして誰かに手を引かれるのは何年ぶりだろうか。まだ幼く父と母が生きていた頃、二人ともよく繋いでくれていたことを思い出す。

胸の奥がツンとして涙が出そうになるのを堪える。

両親のことはできるだけ思い出さないようにしていたのに。こうして感傷に浸って弱くなってしまうから。

ザカライアといると胸の奥がざわつくだけではない。今まであえて無視して見ないようにしていた、女性として、少女としての自身の心の柔らかさを思い知らされてしまう。

だが、こうしてザカライアに手を引かれ、先導されるのは嫌ではなかった。

だが、駅から森までは歩いて三十分ほどしかない。もっと森までの道が長くなればいいのにと残念に思う。

ザカライアは森の中に入ると、レオノーラの矢継ぎ早な質問に答えてくれた。

「あれは栗《くり》の木？」

「よく知っているね」

「図鑑と同じね。じゃあ、あれはオーク？　まだ実家があった頃、庭園にあったわ」

子どもの頃に返ったように楽しい。

「あっ、リス！　ほら、あそこに。二匹いるわ」

「きっとつがいなんだろうな」

「可愛い。降りてきてくれないかしら」

ザカライアは満面の笑みを浮かべて楽しむレオノーラを、黄金色の目を細めて見つめていた。

森の木々はすべて密集しているわけではなく、ところどころに空間があるので、そこから差し込む春の日差しが気持ちいい。

レオノーラははしゃぎながら、ザカライアはそんなレオノーラを眺めながら道を歩き続け、やがて一本のイチイの大木の前に辿り着いた。

「わあ……」

圧倒されてそのまま木陰に立ち尽くす。イチイの木を見たのは初めてでないが、これほどの大木は初めてだった。

どっしりと太く古い幹に、それを守るように新たな若い幹が絡み付き、一緒になって高く天に伸びて枝を伸ばしている。枝には濃い緑の葉が所狭しと映えており、ブリタニアの春の光を一杯に受け止めていた。

　ザカライアは神々しさに息を呑むレオノーラの肩をそっと抱いた。

「見事だろう。この木は四千年生きたと言われているんだ」

「四千年⁉」

　ブリタニア王国建国前どころではなかった。

「すごい……。じゃあ、まだ人間の歴史が記録されていない頃から……」

「ずっとこの森を見守ってきたんだろうな」

　この木の生きてきた悠久の年月に比べると、たった十八年しか生きていない自分の人生は、なんてちっぽけなんだろうと溜め息を吐く。

　そっと古い幹に触れるとこの木の命に触れられる気がした。

「ありがとう、ザック。ここに連れてきてくれて」

「君に最後にどうしても見せたかったんだ」

「最後って？」

「この森は開発で伐採されることになってね」

　残酷な宣言に言葉をなくす。

「じゃあ、このイチイも？」

「ちょうど予定の地域のど真ん中にあるからな」

四千年の時を生きてきた木が伐採されてしまう――。

我が事のように胸が痛み、ぐっと涙が込み上げてきた。

「レオノーラ？」

「ご、ごめんなさい。残念すぎて、悲しくなっちゃって」

この太古から生きてきたイチイの大木だけではない。すべての物事には終わりがあるのだと思い知らされる。

両親の死でその事実を受け入れていたはずなのに、なぜ今になって傷付いてしまったのか。

いいや、違うとレオノーラは思う。きっとずっと傷付いてきたのだろう。だけど、見て見ぬ振りをして生きてきた。

昔ザカライアに言われた通りだ。

『……君はそうやって今まで人生から人を排除してきたのかい？』

排除するのは、もう傷付きたくなかったからだ。いつか失うのが恐ろしかった。

弱さを自覚してしゃがみ込んでしまえば、二度と立ち上がれなくなると感じていたので、それもまた恐ろしかった。

「レオノーラ……」

ザカライアがレオノーラの顔に手を伸ばす。ところが、指先が頬の涙を拭う前に、手の甲にぽつりと雨が落ちた。

「雨だ」

レオノーラも顔を上げ、「ひゃっ」と頭を押さえた。三十秒も経たぬ間に小雨から土砂降りになったからだ。

ザカライアが上着を脱いでレオノーラの頭に掛ける。

「数分走った先に漁師向けの小屋がある。そこに行こう」

レオノーラはこくこくと頷いてザカライアのあとを追った。

時折よろけたり転びそうになると、すかさずザカライアが手を伸ばして支えてくれる。道順がわからないので頼り切るしかなかったが、やはりザカライアにはリードされても不快ではなかった。

丸太小屋に到着したのはザカライアの説明通り約三分後。二人でびしょ濡れになって中に転がり込んだ。

「はあ、大変だった……。ねえ、ここって勝手に入って大丈夫？」

「ああ、遭難者の避難小屋にもなっていて、料金さえ払えば自由に使っていいことになっている」

小屋の中は意外と広く、簡易用の台所も、暖炉も、食事用のテーブルも、ベッドもあった。片隅には玉ネギやジャガイモが積み上げられた籠が並べられている。麻袋の中には小麦粉が入っているのだと思われた。

レオノーラが髪を拭いている間に、ザカライアは手早く暖炉に火を熾《おこ》した。

「えっ、ザックはそんなことができたの」

「母の故郷がダンドーク島だって言っただろう？　毎年長期休暇には遊びにいっていたんだけど、そこで曾祖母様《ひいおばあ》に働かざる者食うべからずだって鍛えられたのさ」

「曾祖母様？　長生きだったのね」

「ああ。ダンドーク島の女将軍、レイラ・キャサリン・フレイザー・グラフトンって知らないかい？　そのレイラが私の曾祖母《そうそぼ》なんだ」

「あっ、聞いたことがあるわ。確か、ダンドーク島の初代領主夫人でしょう。あの方だったの。あなたの親族って有名人だらけね」

レイラとその夫ヒューの功績は歴史の教科書に掲載されていた。ダンドーク島を治めてよく発展させ貧困を撲滅した偉大な夫妻だと。

その後ダンドーク島は鉱物の輸出や製薬業で発展している。中心地の整然とした街並みや、青い海と緑溢れる自然が残る島として有名だ。

また、ダンドーク島に暮らす先住民ダンディッシュは男性が勇敢、かつリーダーシップがあることでもよく知られており、ブリタニア軍で何人も名将を輩出していた。

「滞在中、曾祖母様に料理、掃除、洗濯だけじゃなくて、畑仕事から靴の修理までなんでもやらされたな。地元の漁師の舟に乗せられて、大物の一本釣りをしたこともあるよ」

「……ザック、私より家事万能なんじゃない？」

「曾祖母様に感謝だな」

なお、レイラとヒュー夫妻は揃って百を超えるまで生きたのだという。

「二人とも同じ日に亡くなったんだよな。曾祖父様《ひいおじい》が亡くなったあと、曾祖母様もあとを追うように……。最後までおしどり夫婦だった」

「あなたもあなたの曾祖母様たちもすごいわねえ」

レオノーラはぶるりと身を震わせると、絨毯《じゅうたん》の上に座り込んで暖炉に手を翳《かざ》した。

「濡れた服のままじゃ寒くないか？　脱ぐといい。服は乾かせばいいから」

「えっ、で、でも……」

「予備のシーツがあるから包《くる》まっていればいい。私は後ろを向いているから」

「わ、わかったわ。見ないでよ！」

ザカライアはそんな真似はしないと知っている。

それでも、びしょびしょになったドレスを脱いで、下着を外し、一糸纏わぬ姿になった時には羞恥心で心臓が破裂しそうになった。ザカライアの指示通りに予備のシーツで身を包む。

「お、終わったわ」

「そうか。じゃあ私も」

「えっ……」

ザカライアはレオノーラが目を背ける前に、なんの躊躇《ためら》いもなく濡れたシャツを脱ぎ捨てた。

「ちょっ……！」

意外に逞しい肉体が露《あら》わになる。

ザカライアはいつもは漆黒の制服で、今日はネイビーブルーのジャケットとズボンだ。どちらも体を引き締めて見せる色だからか、てっきり細身なのだと思い込んでいたが、胸板はしっかりした胸筋に覆われていて厚く、二の腕にもしっかりと筋が浮き上がっていた。

「……！」

慌てて背を向けて膝を抱える。

「もう、ちゃんと今から脱ぐって言ってよ！」

「私は男だからな。別に見られてどうということもない」

「あるわよ！　もう……」

心臓が早鐘を打っている。

ザカライアを好きだと思ったことはあったが、生身の男性として意識したのはこれが初めてだった。

女の自分とはまったく違う肉体だった。柔らかさなどどこにもなく、力強さと雄々しさしか感じられない。

「レオノーラ」

名を呼ばれて恐る恐る隣を向く。

同じくシーツで身を包んだザカライアが腰を下ろしていた。

「すまない。だけど、意外だったな」

「……何が？」

「君は男の裸くらい平気だと思ってた」

「平気じゃないわよ。お父様のしか見たことがないんだから」

ザカライアが黄金色の瞳を細めてくすりと笑う。

「君は可愛いな」

「……ご機嫌取りなんてしなくていいわ」

「私は嘘《うそ》を吐かないと知っているだろう？」

レオノーラがザカライアの目を見返すと、そこにはレオノーラだけが映っていた。

きっと自分のエメラルドグリーンの瞳にも、ザカライアだけが浮かんでいるのだろうと思う。

この小屋にはザカライアと自分しかいない――そう気付いた次の瞬間、唇を奪われていた。

「んっ……」

初めてのキスとはまったく違う。

互いの熱を確かめるような情熱的な口付けだ。

「ん……ふ……」

歯茎をなぞられると肩がびくりと震えてしまう。肩を力強い手で掴まれても不思議と怖くはなかった。

「レオノーラ……」

唇が離れ、再び重ねられる。

――熱い。つい先ほどまで寒かったはずなのに肌が火照《ほて》って、なのにもっと熱がほしくてたまらなくなった。

ザカライアの唇が今度は鎖骨に落とされる。

「あっ……」

体から力が抜け落ちて支え切れず、ザカライアともども絨毯の上に倒れ込んだ。

体を包んでいたシーツがはらりと落ちる。

思わず胸を隠そうとしたのだが、絨毯に手首を縫い留められ、それ以上動かすことができなくなった。

ザカライアの視線が胸から平らな腹部。腹部から足の間に落ちる。

「レオノーラ、綺麗だ」

「……っ」

レオノーラは経験がなかったが、これから何が起こるのかを知っていた。

「ざ、ザック……」

「……嫌かい？」

嫌かと問われると違うと答えられる。

「ち、違うの……」

だが、恐ろしい。体を重ねたその先にあるものが何も見えないから。

「わ、私、初めてで……だ、だから……怖くて……」

「私もだよ、レオノーラ」

さすがにこの一言には目を見開いた。

「ざ、ザックは女の人としたことないの？」

自分が知らないだけでてっきり経験済みだと思い込んでいたのだ。

「君とでなければ意味がない」

「……」

その気になればいくらでも女など手に入るだろうに。

なんだかおかしくなってくすりと笑う。

「じゃあ、うまいとは限らないのね」

「……もちろん頑張る」

レオノーラはザカライアの手の力が緩んだタイミングで手を伸ばし、そっとひんやりしたその頬を愛《いと》おしげに触れて撫でた。

「愛しているよ、レオノーラ」

ザカライアが言葉とともに頬に口付けを落とす。初め軽かったそれにやがてチュッと濡れた音が加わり、頬から顎、顎から首筋、首筋から胸元へと下りていく。

「君の肌はどこも甘いな。このまま食べてしまいたい」

これだけでももう火照ってしまったのに、続いて乳房にキスされると更に体が熱くなった。

「あ……ン」

紅水晶色の唇から鼻に掛かった甘い声が漏れ出る。その間にもザカライアは柔らかな体を、足の先まで余すところなく堪能していった。

「やっ……」

不意に足を取られ、キスされたので思わず声を上げる。更に親指の先を舐《ねぶ》られ、食指と中指の間の弱い箇所をやわやわと刺激されると、爪先がビクリと跳ねた。

「……っ。ザック、そんなことしちゃ、ダメよ……」

「なぜだい？」

王弟ともあろう者が、没落令嬢の足を舐めるなどあってはならないのに、羞恥心でそれ以上言葉にできない。

「レオノーラ、説明してくれないと」

「……っ」

説明できるはずがないとわかっているだろうに意地悪だ。

「できないのならこのまま続けるよ」

ザカライアは今度は体を起こしてレオノーラに伸し掛かり、ふるふると揺れる乳房に触れた。

「んあっ……」

下乳をぐっと押し上げられ、弾力で戻ったところで手の中で握り潰され、白く柔らかな肉が形を変える。

ザカライアはレオノーラの乳房を弄んでいたが、やがてわずかにひしゃげたそれにそっと口付けた。

「あっ……ザックっ……」

紅い印が胸にポツンとつけられている。

ザカライアはもう片方の乳房にも唇を這《は》わせた。

「ドレスを着れば見えないよ」

「見えなければ、いいってわけじゃっ……」

レオノーラの弱々しい抗議の声は、続いて乳房に顔を埋められたことで掻《か》き消《き》えた。

「ちょっ……ンあっ……」

すでにかたく尖《とが》っていた乳首に吸い付かれる。

「あっ……やっ……あっ」

唇と舌、歯で敏感なそこを責められ、同時に乳房や脇腹、臀部《でんぶ》をさすられるごとに心臓の鼓動の速さが上がっていく。不意に腿《もも》を掴まれ、ぐっと開かれた時には、全身の体温が急上昇した。

「や……あっ」

ザカライアは身を起こすと、露わになったレオノーラのそこに視線を注いだ。

「だ、駄目……ザック……」

恥ずかしすぎていやいやと首を横に振る。

「レオノーラ、ここを自分で見たことはあるかい？」

「そ、んなの、あるわけ……」

「アーモンドの花や桜と同じ色をしている。それに……温かい」

男性らしい骨格のしっかりした長い指が、ぱっくり開かれた足の間に潜り込む。

「あっ……」

花芯にあたるそこを指先で弾かれ、摘まれ、掻かれると強烈な感覚に背筋が仰《の》け反《ぞ》った。

「やっ……あっ……そ、んなぁ……」

思わずシーツを握り締める。

ザカライアはなおも初めて男の立ち入るその花園を蹂躙《じゅうりん》した。花弁を玩《もてあそ》び、蜜口より漏れ出た蜜を掬《すく》ってその周囲に塗り込む。

「ざ……っく……もう……あっ」

レオノーラは白い喉を曝《さら》け出して口をパクパクさせた。

蜜口にかたい何かが強引に入ってくる。この軽い圧迫感が、苦痛なのか快感なのか自分でも判断がつかなかった。

「……っ」

粘り気のある濡れた音を体内で感じる。こんな音が自分の体から出るなど信じられなかった。

「あっ……やっ……あンっ」

ザカライアの指は初め第一関節までしか入らなかったが、繰り返される刺激のせいか徐々に隘路《あいろ》が緩んできたのだろうか。

ぐっと第二関節まで押し込まれ、更に弱い箇所をぐっと持ち上げられるように押されて、「ひゃあっ」とあられもない声を上げてしまった。更に丹念に内部を探られ涙目になる。

「あっ……あうっ……だ、めぇ……」

ザカライアのもう一本の指が濡れた花芯に触れる。

「あっ……」

中と外を同時に刺激されてまともにものを考えられなくなる。

「レオノーラ……」

ザカライアが熱っぽい声で告げる。

「私ももう限界だ」

不意に隘路から指を引き抜かれ、内壁を擦られる感覚にまた身悶《みもだ》える。

この世にこんな強烈な感覚があっていいのか——レオノーラがそう自身に問い掛ける間もなく、ザカライアがそのしどけない肢体にのしかかった。

「レオノーラ、愛している。できる限り優しくするから……」

かたく熱い肉塊がぬかるんだ隘路の入り口に押し当てられる。

それがザカライアの雄の証《あかし》だと知った時にはもう遅かった。

「あっ……」

指とは比べものにならない、大きく密度のある肉塊が体内にぐっと押し入ってくる。体の奥で何かがぶつりと千切られた感覚がした。

「ああっ……」

思わず手を伸ばしてザカライアの逞しい二の腕に縋《すが》り付く。

「……っ」

熱で焼かれた杭《くい》で体を貫かれたのかと慄《おのの》く。

たった今純潔を失ったのだという実感に全身がゾクゾクする。すると、隘路がきゅっとザカライアの分身を締め付けた。

「くっ……」

ザカライアが端整な美貌を歪《ゆが》ませながら激しく腰を突き出す。最奥を抉《えぐ》られレオノーラは悲鳴を上げて仰け反った。

「ああっ……」

「すまない、レオノーラ……。加減、できない……」

更にぐいぐいと押し込まれる。

「ひいっ……」

腰がガクガクと小刻みに震える。

ザカライアの激しい攻めに翻弄され、自身が快感の荒波に投げ出された木の葉になった気がした。知らず目の端から涙が零《こぼ》れ落《お》ちると、ザカライアが素早く唇でそれを吸い取る。レオノーラのすべてを——涙の一滴さえ自分のものだと言うかのように。

「愛している」

ザカライアは体や涙だけではなくレオノーラの唇も貪《むさぼ》った。息もできないほど深く口付けながら、腰を激しく上下させる。

パンパンと肉体のぶつかり合う音が小屋に響き渡り、そこに激しい雨の音が重なった。

「あっ……やっ……ザッ……うあっ……」

ザックが不意に動きを止める。そして、肩で大きく息を吐くと、今度は小刻みにレオノーラの体を揺すぶった。

「んっ……あっ……あぁン……」

先ほど指で探り当てられた弱い箇所を繰り返し小突かれる。そのリズムに合わせて体内でぐちゅぐちゅと蜜が掻《か》き混ぜられるのを感じる。

快感に酔《よ》い痴《し》れるレオノーラに更なる欲情を覚えたのだろうか。ザカライアは再び最奥まで貫いたかと思うと、一転して腰の動きを速く激しくした。それだけでは足りなかったのか、レオノーラの細腰に手を回す。

より腰と腰が密着して隙間がなくなった。

「ザック……あっ……やっ……んあっ」

体内だけではなく意識も快感に掻き混ぜられる。心臓の音が自分の耳にも届くほど大きく聞こえる。

最奥をこじ開けられそうになると、きゅっとザカライアの分身を締め付けてしまった。

「くっ……」

「ざ……っく……。わ、わたし、もうっ……」

長いピンクブロンドの巻き毛が舞い上がる。その一筋がザカライアの肩に汗で張り付いた。

「レオノーラ……！」

「あ、あ、あ」

もう、ろくに物も言えない。開きっぱなしの唇は喘《あえ》ぎ声と熱い息を吐き出すだけだった。

「ザック……！」

次の瞬間、ザカライアが肩を引き攣《つ》らせたかと思うと、ぐぐっと最奥に押し入りそのまま動きを止めた。

脳裏と腹の奥でパンと何かが弾《はじ》け飛ぶ音が聞こえる。視界と脳裏が純白に染まって端に火花が散る。

「ああっ……」

ザカライアはびくびくと体を震わせていたが、やがて力をなくしてレオノーラに伸し掛かった。

瞼《まぶた》を閉じて乳房に顔を埋める。

レオノーラもそれが限界で、やがてふっと意識を失った。


情熱のままに愛し合った翌朝、レオノーラはザカライアの胸の中で目覚め、その寝顔を見て幸福な気分になるよりも、とんでもない事態になったと青ざめた。

「お、落ち着いて、落ち着いて……」

こうした事態は男女にはよく起こりうることだ。だから、たいしたことではないと思い込もうとしても、肌に散った赤い痕や足の間の違和感に動揺してしまう。

とにかく、身を清めて服を着なければならない。

そこで、ザカライアの腕の中から抜け出そうとしたのだが、これが力を込めてもピクリとも動いてくれない。

男の力はこうも強いのかと驚いていると、不意にぐっと広い胸に抱き寄せられた。

「おはよう、レオノーラ」

黄金色の濃い睫毛に縁取られた、同じ色の瞳に見つめられ息を呑む。

「お、起きていたの？」

「ああ、大分前から。だって、君の寝顔を見たいだろう」

ザカライアはレオノーラのピンクブロンドに頬を埋めた。愛おしそうに軽く数度口付ける。

「君は花の香りがするね。バラでも、ユリでもない。なんの香りだろう」

レオノーラは香水を付けていないし、使っている石鹸《せっけん》にも香料は入っていない。心当たりがないので答えようがなかった。

「あ、あの、そろそろ離してくれない？」

早鐘を打つ心臓の鼓動に気付かれたくない。早くいつもの自分に戻りたかった。

「今って、午前七時頃よね、正午までにはこの森から出て、駅に着いていた方がいいわ。月曜日になるまでに少しでも来学期の予習をしておきたいの」

「まったく、君の心の中を私だけで埋めるにはどうすればいいんだろうな」

ザカライアは苦笑しつつも腕の力を緩めた。

「君といるといつもビクビクしてしまうよ。やっと捕まえたと思っても、するりと抜け出して、知らないところに行ってしまいそうだ」

レオノーラもザカライアに対して似たような印象を持っていた。

ザカライアと恋人になったはいいが、本来なら王弟ともあろう男が、没落貴族令嬢と恋人になるなど有り得ない。正直、いつ気が変わってもおかしくないと感じていた。

「ねえ、ザック」

黄金色の瞳から目を逸らしつつ提案する。

「昨日の夜のことはなかったことにしましょう。私も忘れるから」

「なぜ？　私たちは恋人じゃないか」

「そ、れは……」

誰かの肌と触れ合うことが、あれほど心地いいとは思わなかった。ザカライアの胸に抱かれて、安らぎを覚えてしまったのも怖かった。

ザカライアがなくてはならない存在になるのが恐ろしい。いつか必ずやってくるに違いない、別れを告げられる日を怯《おび》えて待つなど、そんな女になるのは嫌だった。

戸惑うレオノーラの態度をどう取ったのか、ザカライアが子どものようなしゅんとした顔になる。

「……私との夜はそれほど気持ちよくなかったのかい？」

そんな表情は初めてだったので慌ててしまう。

「そういうわけじゃないわ」

否定したあとにしまったと口を押さえる。

「そうじゃないんだけど……」

怖いと打ち明けて重い女だと思われたくない。

なんとかもっともな理由で納得してもらうしかなかった。

「その……昨日は大丈夫な日だからよかったけど、子どもができたら大変でしょう。勉強どころじゃなくなってしまうわ。父親のない子ってまだどうしても苦労しがちだし……」

黄金色の双眸がわずかに見開かれる。

「子ども？」

「ええ、そうよ。さすがにまだ一人で育てる自信はないわ。父親や母親がいないとどれだけ大変なのかもよく知っているし……」

ザカライアは「ストップ」とレオノーラの唇を人差し指で押さえた。

「待ってくれ、レオノーラ。子どもができたとして、どうして君一人で育てる話になっているんだ？」

「えっ、だって……」

レオノーラはこの男は何を言っているのかと眉を顰《ひそ》める。

「さすがに結婚はできないでしょう。身分格差がありすぎるもの」

「……」

ザカライアは大きく溜め息を吐いた。

「私は信用がないんだな。前婚約しようって言っただろう」

再びレオノーラの体を抱き寄せる。

「レオノーラ、私はこれからも何度だって君を抱きたいと思っているよ。もちろん、将来子どももほしい。私は君と一生一緒にいたい。結婚したいんだよ」

レオノーラの時が止まる。脳がようやく言葉の意味を理解し、やっと出てきた一言がこれだった。

「ええっと……前の婚約話も本気だったの？」

「もちろんだ」

ザカライアはレオノーラの肩に顎を乗せた。

「レオノーラ、私の妻になる女性は君以外考えられないんだ」

「結婚してくれ」と言葉を続ける。

「今年卒業したら私は臣下に降り、爵位と姓をいただくことになるだろう。それまでに君と婚約し、年内に結婚できればと思っている」

レオノーラとの結婚は交際開始当初から考えていたとザカライアは語った。

「答えをくれるかい？」

前触れもなく人生の選択肢を突き付けられ、選べと迫られレオノーラは息を呑むしかなかった。

「結婚って……ザック、落ち着いてちょうだい。私、持参金なんて銅貨一枚もないのよ」

「持参金なんてカビの生えた風習を続ける気はないよ。君自身が財産なのだから、身一つで嫁いできてくれればいい」

もっとも伝統を重んじるべき王族の台詞だとは思えなかった。

「だ、だってあなたにも陛下から縁談がたくさん来ているでしょう。それこそ、他国の王女様でも、公爵令嬢でも、どんな美人だって……」

「さすがに成人後の進路や結婚相手まで好きにさせるつもりはないさ。レオノーラ、今時貴族の結婚の半数は恋愛結婚だって知らなかったのかい？」

何を言っても言い返され、ついに結婚できない理由が思い付かなくなる。

「──レオノーラ」

ザカライアが指先でレオノーラの頬に触れた。

「私の何が不満なんだい？　なんだって直すから」

「直すだなんてそんな」

レオノーラは観念してザカライアの胸に頬を埋めた。

「あなたに直してほしいところなんてないわ」

「なら、どうして」

もう逃げられないのだと悟り、ようやく本音を口にする。

「ザックと一緒にいると怖くなるの」

今まで一人で生きてくのだからと突っ張っていたのに、誰かに守られる立場になってしまうと、依存してしまいそうで恐ろしいのだと。

「私……そういうの慣れてないから……。きっとあなたに迷惑をかけてしまうわ」

ザックは破顔するとレオノーラを抱く腕に力を込めた。

「レオノーラ、それは迷惑とは言わないんだよ。男は好きな女性に頼られると嬉しいものさ」

「で、でも……」

「私が嘘を吐いたことはあったかい？」

確かに、ザカライアは人を食ったような発言をするが、嘘偽りを述べたことはない。

「……ないわ」

「だろう？　君には誠実でいたいんだ」

「……」

レオノーラの根幹がぐらぐらと揺れる。

ザカライアが再び「もう一度言うよ」とエメラルドグリーンの瞳を覗き込んだ。

「私と結婚してくれるかい？」

この場で返事をしてはいけない。もっと現実を踏まえて考えるべきだと思うのに、口は正反対の答えを述べた。

「ええ……私もあなたとずっと一緒にいたいわ」

しまったと思ったがもう遅い。

ザカライアは喜びの余りなのか、レオノーラの顔中にキスの雨を降らした。

「ありがとう、レオノーラ。こんなに嬉しいことはないよ」

手放しで喜ぶザカライアの笑顔を見て、レオノーラは子どものようだと笑うしかなかった。また、人生に多少のイレギュラーや番狂わせがあってもいいではないかと思う。

これからどうなるのかわからなかったが、ザカライアと一緒なら乗り越えられる気がした。

だから、ザカライアの口付けを避けようとはしなかった。

ザカライアはよほど受け入れられたことが嬉しかったのだろうか。「君のご両親にも挨拶に行かなくちゃな」などと言い出した。

「その……もう知っているかも知れないけど、私の両親は二人とも亡くなっていて……」

「じゃあ、墓参りに行かないと。けじめはつけるべきだよ」

こうしたところはやはり王族。形式に拘《こだわ》るようだった。

「善は急げだ。……というよりは、まごまごしている間に君を他の男にかっ攫《さら》われたくない」

本当は今すぐにでも婚約したいのだと語る。

さすがにレオノーラは取り越し苦労だと笑ってしまった。

「私を好きな物好きな男なんてザックくらいよ」

「……いいや、そんなことはないさ」

ザカライアは「とにかく」とレオノーラを胸に抱いた。

「今度君のご両親のところに行こう。いいね？」

ザカライアと墓参りのために里帰りをする二週間前の休日、レオノーラは恥を忍んで同じ女子寮の仲のいい友人、セリアの部屋の扉をノックした。

「はぁい」

すぐに返事があって中に入れてくれる。

セリアはフロリン王国の貴族出身の留学生で、今年夏休みに入り次第帰国することになっている。クラーラと同じくこれからも手紙の遣り取りをしようと約束していた。

「さあ、入って、入って」

肩まで伸ばしたセリアの青銀の髪がサラサラと音を立てる。

セリアの髪はブリタニアにはない色だ。瞳は深みのある紅でずっと見ていると吸い込まれそうになる。

「あらセリア、また髪を切ったの？」

ブリタニアに留学してきたばかりの頃、セリアの髪は腰の下まであった。ところが、「長いのは面倒くさい」と三ヶ月毎に切ってしまっている。

「本当はうんと短くしたいのよ。でも、寮母先生に叱られるから」

セリアは肩を竦めて自分のベッドをポンポンと叩いた。

レオノーラは腰を下ろしながら、セリアの持ち物しかない室内を見渡す。

「セリアのルームメイトも退学したのね」

「ええ、クラーラと同じよ。結婚が早くなったって。それで、どうしたの？」

セリアはレオノーラの隣に腰を下ろすと、前振りをすることもなく話を切り出した。

「何か相談があるんでしょう？」

セリアはフロリン王国の名門公爵家出身のはずだが貴族令嬢らしくない。ざっくばらんでフランクで話しやすく、クラーラとは対照的な少女だった。

「そうなの。実は、服の相談に乗ってほしくて。来々週、里帰りをすることになったの。両親のお墓参りに行くつもりよ。その時、何を着ていけばいいのかわからなくて。私、お洒落《しゃれ》なんてあんまり考えたことなかったから」

「あなたが迷うなんて珍しいわね」

セリアはすぐにピンときたのか、笑みを浮かべてポンと手を打った。

「わかった！　好きな人と一緒なんでしょう？」

「そっ……そういうわけじゃないんだけど……」

「うんうん、わかったわ。じゃあ、親戚と行くってことにしておきましょう。場に相応しくて、その人に素敵だって思ってもらえそうな服を見繕《みつくろ》えばいいのね？」

「う、うん……」

相手が嫌がる詮索を決してしない——それもセリアのいいところだった。

「お墓参りだけなら紺色のドレスでいいと思うけど、それじゃつまらないわよね。う〜ん……よし。街へ行きましょう！　最近、既製服も結構いいものがあるから」

「ごっ……ごめんなさい」

レオノーラは更に恥を掻かざるを得なかった。

「私、教科書や資料集を買うので一杯で、服にかけられるお金があまりないの」

「どれくらいなら大丈夫？」

レオノーラが予算を告げると、

「う〜ん、となると……」

セリアはレオノーラを頭から爪先まで見下ろし、「そうだわ！」とまたポンと手を打った。

「じゃあ、生地とボタン、リボンを買いに行きましょう。それなら予算内で収まるわ」

「えっ、でも、仕立てるのに一番お金が掛かるんじゃ……」

セリアはニッと笑って「ここにいるじゃない」と自分を指差した。

「私、趣味で服を作っているの。このドレスもそう」

「え、ええっ⁉」

「いつも仲良くしてもらっているお礼よ。私にやらせてちょうだい」

名門貴族の令嬢が服を仕立てるなど聞いたこともなかった。

いや、待てよと以前手ずからパンを焼き、サンドイッチを作ってきたザカライアを思い出す。

確かこの二人は遠縁だったはずだ。

セリアの実家には祖先の一人に約二〇〇年前フロリン王家より降嫁してきた王女がおり、ザカライアの祖先にも一五〇年前ブリタニア王家に嫁いできたフロリン王女の血が入っている。

フロリンの王家の血は美形になるだけではなく、家事から裁縫までなんでもできる庶民派が多いのだろうか――そんなことを考えているうちに「行きましょう」と手を引っ張られた。

「あなたに似合う一着を仕立てるから」


半月後、よく晴れた約束の日、レオノーラはらしくもなく緊張していた。

待ち合わせ場所の駅に到着するなり、回れ右をして寮に帰りたくなったほどだ。

「もう、私ったら何をやっているの」

自分を叱咤《しった》して石造りの出入り口を潜る。

駅構内は外出用の帽子を被った身なりのいい貴族の紳士淑女や、これから勤め先に向かうのであろう労働者の男性でごった返していたが、ザカライアがどこにいるのかはすぐにわかった。

改札近くの石柱に背を預けている。

本人が長身の美青年で目立つのもあるが、きっと駅中が人で埋め尽くされていても、一目で見つけられるに違いなかった。それほどレオノーラの目にはザカライアはぱっと輝いて見えたのだ。

まだ声を掛けてもいないのにザカライアが顔を上げる。

「やあ、レオノーラ」

ザカライアはぱっと顔を輝かせて手を上げた。

「お、おはよう……」

「……」

そのままレオノーラをまじまじと見つめる。

「あ、あの、何かついている?」

「いや……違う」

黄金色の双眸が細められる。

「今日のドレス、すごくよく似合っている」

「そ、そう。ありがとう」

なぜだろう。肌を重ねたあの夜以来、ザカライアの視線を受けると、気恥ずかしくて逃げ出したくなる。それでいて会いたくなるという矛盾した思いに駆られる。

「やっぱりエメラルドグリーンがよく似合うね。君の瞳の色によく似合っている」

セリアが超特急で仕立ててくれた外出用のドレスはエメラルドグリーンで、流行中のセーラーカラーと胸元の白いリボンのデザインだった。軽めの生地なのでそよ風が吹くと、ふわりと裾がわずかに舞い上がる。

派手ではないが若々しく、控えめな可愛らしさがあり、セリアが「絶対に似合っている！」と太鼓判を押してくれた。

とはいえ、レオノーラにはいまいち自信がなかった。

今まで服など清潔で動きやすくて他人に不快感を与えなければいいとしか考えず、経済的理由もあり娘らしいお洒落に縁がなかったからだ。

ちゃんと着こなせているのかと不安になる。

「この服ね、セリアが仕立ててくれたの」

「ああ、フロリンのキャストゥル家の……」

「素敵なデザインのおかげね。馬子にも衣装ってことかしら」

「……」

ザカライアがふと笑い、腰を屈めて耳元に囁く。

「この駅で一番レオノーラが綺麗だ。最初から君以外目に入らなかったよ。ぱっと輝いて見えた」

重低音の聞き心地のいい声が耳に入るなり、かっと全身が熱くなった。考えていたことが自分と同じだったからだ。


ハート家代々の墓は元領地だった故郷の教会の墓所にある。

森のほとり近くだからか爽やかな風が吹いていて、小鳥が墓石に留まったりするので不気味な印象はなかった。

「ここよ」

レオノーラは古代の神殿を模した墓石の前で立ち止まった。この下にハート家の始祖から両親までが永遠の眠りについている。

そっと持参した季節の花束を供え十字を切る。ザカライアもレオノーラに続いた。

「君のお父上はどんな方だったんだい？　母上は？」

「そうね。二人とも私と似ていたわ。目の色と顔立ちはお父様譲りなの。ピンクブロンドはお母様からいただいた……」

まだ家族三人揃っていた頃の記憶が切なく胸に過《よぎ》る。だが、ザカライアに語っていると、徐々に温かい思い出に変わっていった。

「二人ともよく笑う人で、よく言っていたわ」

『レオノーラ、辛くても、苦しくても、笑い飛ばしてしまいなさい。笑顔は代わりに幸福を呼んでくれるわ』

そう、どうして今になるまで忘れていたのだろう。

生きることに必死で、突っ張って、笑顔どころか仏頂面《ぶっちょうづら》の方がずっと多かった。なら、せめて今からでも笑えないか――。

「……ありがとう、ザック」

レオノーラは初めて素直な気持ちでザカライアに微笑みかけた。

「あなたのおかげで大切な思い出を取り戻せた」

ザカライアはレオノーラの目を見つめていたが、やがて同じように微笑んで再び墓石に目を向けた。

「役に立てたのなら嬉しいよ」

そして、再び十字を切って瞼を閉じ、墓石に向かって語り掛ける。

「お義父さん、お義母さん……はさすがに気が早いかな。どうかレオノーラとの結婚を許してください。必ず幸福にすると誓います」

「ザック……」

胸が一杯になって言葉が出てこない。

この時、レオノーラは間違いなく世界で一番幸福な娘だった。

＊＊＊

レオノーラの通う大学は最終学期の授業は五月で終わり、間を開けて七月に卒業式が執り行われる。

レオノーラはまだ一年大学で学ぶことになるが、ザカライアの学生生活は今年で終わりを迎える予定だった。

卒業式まであと一ヶ月になったその日、レオノーラはザカライアと一緒にレストランで食事をとっていた。

すっかり定番のデート先となった、見た目は高級店だが中身は大衆向けのレストランだ。

ザカライアがフィッシュパイを切り分けながらレオノーラを誘う。

「卒業式が終わったら連れていきたいところがあるんだ」

「えっ、どこ?」

「兄上に領地をいただくことになってね。そこにカントリーハウスを建てている真っ最中なんだ」

さすが王族。成人後の財産分与も規模が違う。財産など父の遺《のこ》した僻地のハゲ山しかないレオノーラは、少々複雑な思いになりながらも頷いた。

「ありがとう。もちろん行くわ。領地ってどこになるの？」

「その日になるまでのお楽しみだよ」

ザカライアの秘密の計画が外れたためしはない。だから、レオノーラは「楽しみ」と笑みを浮かべた。

最近レオノーラはザカライアの提案に「でも」と言わなくなっている。ようやくザカライアを心から信頼できるようになったからだ。

「きっと喜んでくれると思うよ」

ザカライアはフォークにフィッシュパイを載せると、レオノーラの開いた口に突っ込んだ。

「いいや、絶対にかな」

はて、なぜこれほど自信があるのだろうか。

なんにせよザカライアのいうことに間違いはない。

だからこそその日を指折り数えていたのだが、卒業式一週間前、レオノーラは寮で一通の手紙を受け取ることになる。

寮母から「手紙が届いているわよ」と手渡され、差出人を確認したのだが名がない。

「……？」

書き忘れたのだろうかと思いつつ、部屋に持ち帰って開封して目を見開いた。

その手紙はタイプライターで打たれていた。

『レオノーラ・ハート様　この手紙の内容は内密にお願いします』

手紙はそんな一文から始まっていた。

『現在、王弟のザカライア殿下と交際中ですよね。今まで口を閉ざしていたのですが、罪悪感にたえかねてペンを取りました。ザカライア殿下があなたとお付き合いしている理由――それは愛情からではありません。それが罰ゲームであり、賭けの対象となっているからです』

「……何よこれ」

馬鹿げた内容に手紙を破り捨てようとして、手を止めて続きの文章を目で追う。

『大分前の話になるのですが、大学三年の高位貴族の十六人の子弟の間で、チェス大会が開催されました』

優勝者には全員の賭け金、最下位には罰ゲームが課される内容だったと手紙の送り主は書いていた。

『罰ゲームはレオノーラ・ハート様、あなたを落とし、純潔を奪うというものでした』

「……っ」

衝撃に声を失う。

「……馬鹿馬鹿しい。ザックがそんなゲームに参加するはずがないじゃない。よくもこんなデマを……」

なのに、手紙を読むのを止められない。

『二ヶ月に亘《わた》る試合の結果、最下位となったのはザカライア殿下でした。殿下はこの罰ゲームを引き受け、面白がった参加者たちが、あなたが殿下に落ちるか、落ちないかでまた賭けることになったのです』

レオノーラがザカライアに落ちればザカライアが賭け金すべてを手にし、ザカライアが落とせなければ賭け金全額と同じ金額分、参加者たちに奢る——そうした取り決めがなされたのだとか。

『取り決めは文書化され、全員サインまでしております。先日、その文書を入手したので同封します』

「……っ」

震える手でもう一枚の書類を取り出す。

そこには手紙で書かれたふざけた賭け事の取り決めとともに、確かに十六人分の男子学生のサインがされていた。

最後にザカライアの署名もあったので息を呑む。

サインを書き慣れた者特有の流麗な崩し文字で、見間違えるはずもないザカライアだけしか書けないものだった。

それでも、レオノーラはまだ信じられなかった。

出会ってから今までのあの優しさ、愛おしげな眼差し、誠実な言動は、すべて裏で生意気な女を馬鹿にするための演技でしかなかったというのか。

「ううん、早とちりは駄目。このサインだって写しただけかもしれないじゃない」

気が付くと額に脂汗が滲《にじ》んでいた。手で拭ってザカライアに会わなければと呟く。

「そうよ。こんなの嘘って笑い飛ばしてくれるわ」

そう答えてくれるに決まっている。

レオノーラは顔を上げると椅子から立った。

ザカライアは学年首席で卒業するので、卒業式では代表の挨拶をすることになっている。だから、もう授業はないが準備のために大学にいることが多かった。

緊張で早鐘を打つ心臓を宥《なだ》めながら大学に向かう。玄関前で学生証を提示すると、顔馴染《かおなじ》みの守衛に声を掛けられた。

「おや、レオノーラじゃないか。休みなのにどうしたんだい」

「ザカライア殿下は今日来ていらっしゃいますか？」

「ああ、大聖堂にいるんじゃないかな」

大聖堂は大学敷地内にある教会施設で、入学式や卒業式などの式典が執り行われるところだ。

そこで卒業式のリハーサルの途中なのだとか。

レオノーラは礼を述べて早速大聖堂に向かった。大聖堂に一歩近付くたびに足取りが重くなる。

手紙の告発が真実だったらどうしよう。

いいや、ザカライアに限ってそんな真似をするはずがないと、二つの思いの間でぐらぐら揺れる。

「……私、何をしているんだろう」

一度信じようと決めたのに、あんな手紙一つで揺れ動く自分が情けなかった。

大聖堂を目の前にしてもう帰ろうと身を翻す。ところが途中、大聖堂前にある戦没者慰霊碑の陰から話し声が聞こえたので足を止めた。

「殿下、まだあの女を落としていないんですか?」

「いいや、もうとっくに落ちているんでしょう?」

「それがなかなか手強《てごわ》くてね。まあ、全部終わったら報告するよ」

体温が極限までざっと下がる。

「まあ、全部終わったら報告するよ」はザカライアの台詞だったからだ。腕の中で何度も聞いた声を聞き間違えるはずもなかった。

残る二人はチェスのトーナメントに参加した面子か。死角になっているのか誰もレオノーラに気付いていないようだった。

「どうせならメロメロにさせて、こっぴどく振ってくださいよ」

「そうそう。それでショックで退学したらしめたものだ」

人は大きなショックを受けると、かえって冷静になるものらしい。

レオノーラは一言一句聞き逃すまいと耳を澄ませた。証拠となるよういつも持参している勉強ノートに、会話の内容をスラスラと記録していく。

同時に、なぜか笑い出したい気分になっていた。ほんの五分前まで自分はなんと愚かな女だったのだろうと自嘲する。

「……ザカライア殿下、詰めが甘かったわね」

ノートに涙がポツリと一滴零れ落ちた。


大聖堂で執り行われる卒業式には、希望すれば在学生も出席できる。

レオノーラはザカライアにぜひ主席代表の挨拶を見てほしい、三年間頑張った証だからと頼まれていた。

だが、そんなつもりはさらさらなかった。

校門に背を付けてザカライアが出てくるのを待つ。

ザカライアはレオノーラを探していたのか、取り巻きたちに囲まれながら辺りを見回していた。卒業生だけが身に纏う角帽と漆黒のガウンがよく似合っている。

何も知らなければ卒業を心から祝い、似合っていると褒めていただろうに、もう知ってしまったのだから言えるはずも無かった。

レオノーラの姿を見つけ、ザカライアが足を止める。

「レオノーラ……」

「ちょっと一人にしてくれないか」を取り巻きたちを人払いし、レオノーラに「どうして来てくれなかったんだ」と詰め寄った。

「君に一番見てほしかったのに」

なるほど、好意を抱いていればぐらっとくる台詞になっていただろうが、今はすべてが白々しく、心からそう言っているように聞こえるからこそ、すべてが嘘に思えてならなかった。

「殿下、ご卒業おめでとうございます」

深々と頭を下げる。

他人行儀な態度にザカライアは目に見えて戸惑っていた。

「どうしたんだ、殿下だなんて……」

「私は恋人ではなくどうやら賭けの対象でしかなかったようなので」

ザカライアがはっと息を呑んで青ざめる。

「レオノーラ……まさか……」

「私、昨日あなたに会いたくて大学に来たんです。……そこで立ち話を聞いてしまったんですよ」

なんの立ち話かはまったく説明しなかったが、ザカライアは何を意味するのかすぐに理解できたらしい。

「没落貴族の女をからかうのはさぞ楽しかったでしょうね」

「レオノーラ、あれは違うんだ」

サインまでしておいて何が違うというのか。

これ以上失望したくはないのに。浮気をした男のような陳腐な言い訳を始めようとしたので、ますますがっかりしてしまう。

「言い訳は結構です。今日私が大学に来たのはあなたとお別れするためです。……いいえ、あなたにとっては単なる罰ゲームだったんでしょうし、お別れなんて大げさな言葉は使うべきではないのかもしれませんね」

最初から恋人ではなかったのだからと続ける。

「それではお元気で。もう二度とお会いすることはないでしょうが」

「待ってくれ！」

ザカライアが身を翻したレオノーラの手首を掴む。

「……離してくれませんか。どれだけ私の尊厳を傷付ければ気が済むんです？」

「頼む。話を聞いてくれ。あれは」

「王弟殿下ならなんでも許されると思っていらっしゃったのですか？　……やっぱり王侯貴族なんて大嫌いだわ！」

「レオノーラ！」

　はっきり拒絶の意を示してもザカライアは手を離そうとしない。

　力尽くで思い通りにしようとするつもりなのか――そう認識した次の瞬間、抑えていた怒りに火が点いた。

「――離してよ！」

　パンと乾いた音が七月の青空の下に響き渡る。

　校門付近で同級生たちとお喋りをしていた、男子学生たちが一斉にレオノーラを注視した。

「今の音はなんだ？」

「あの女が殿下を引《ひ》っ叩《ぱた》いていたぞ」

　レオノーラは終わったとおのれの愚かさを呪った。

　感情にまかせてザカライアを平手打ちにしてしまった。

　明日にはもう全学生に「王弟殿下を平手打ちにした女」だと認識され、ますます居場所がなくなるのだろう。

　とはいえ、結局また元の一人に戻るだけだからと自分に言い聞かせて耐える。

ザカライアは頬を押さえたまま呆然としている。レオノーラに拒絶されたことが信じられないのだろう。

レオノーラは今度こそザカライアに背を向けた。

もう二度と顔を合わせるつもりはなかった。

第三章　女教師、公爵夫人になる

――意識が四年前から今に引き戻される。

目の前には髪を大人の紳士らしく短く整え、二十六歳となったザカライアがいた。

「レオノーラ、私の妻になる女性は君以外考えられないんだ」

その求婚の台詞は十八歳の頃にされたものと同じだった。

冴《さ》え冴《ざ》えとした月明かりがザカライアの金髪を照らし出し、凜々しい美貌に陰影を落としてその凄《すご》みに拍車を掛けている。

まったく、この年で月光の似合う男など、ブリタニア広しといえども、ザカライアくらいではないか。

レオノーラがまだ恋をしていた十八歳の頃なら多少は見惚れていたかもしれない。

だが、あいにくそんな可愛げは四年前のあの日に純情と一緒に消《き》え失《う》せていた。

「はあ……」

レオノーラはあの頃は若く、愚かだったと溜め息を吐いた。世の中には信頼に値する男性がおり、生涯に亘って愛を育むことができるのだと思い込んでいたのだ。

エメラルドの目で、きっとザカライアを睨《にら》み付ける。

「殿下、今度はどなたと賭けをされたのですか？」

もう二度と王侯貴族のお遊びに巻き込まれたくはない。

「私が喜んで求婚を受け入れれば、いくら儲《もう》かるんです？」

ザカライアは過去の行いを思い出したのか、瞬時に顔色を無くして「……違う」と唸った。

「君を騙すつもりはない」

「私にそれを信じろと？」

そうでもなければ二十二歳にもなって、結婚どころか縁談の一つもない、可愛げのない女教師に求婚してなんの得があるのか。

「……君が私を信じられないのも無理はない」

ザカライアはぐっと拳を握り締めた。

「ずっと事情を説明したかったんだ。だが、君はあの日から私に会ってくれなかっただろう」

ザカライアは卒業後、レオノーラになんとか会おうとして、たびたび女子寮を訪ねたのだという。

しかし、レオノーラの滞在していた女学校の寮は男子禁制。王族といえども寄付金の相談や、公式行事以外の立ち入りは禁じられている。

校門前で何度か待ち伏せもされたが、レオノーラは事務員用の裏口から脱出したり、寮に生活用品を運び込む業者の馬車に頼んで乗せてもらったりするなどして切り抜けていた。

飛び級で女子校を卒業し、大学の修了認定も受けた後は、さっさと勤め先を地方の聖ブリジット女学校に決め、やはりそこも男子禁制だったので、ザカライアは手も足も出なかったのだとか。

「この四年、何度寄付金の申し出をして君に会いたいと言っても、校長に個人的な取り継ぎはできませんと断られてね……」

レオノーラはその一言にはっとした。

「校長先生が？」

修道服姿で柔和に微笑む彼女を思い出す。

喉から手が出るほど寄付金がほしかっただろうに、自分を守るために断り続けてくれていたのか。

きっと馬鹿だった学生時代、レオノーラがザカライアに何をしでかしたのか、その噂を耳にしたのだろう。仕返しをされてはいけないとザカライアをシャットアウトしたに違いなかった。

あの校長はそうして我が身を犠牲にできる人だった。

「そう、だったんですか……」

悪いことをしてしまったと落ち込む。その間にもザカライアは説明を続けた。

「レオノーラ、どうか聞いてほしい。私は君をずっと忘れられなかった。どうしても会いたかったんだ」

「……」

レオノーラの疑惑の視線にザカライアは溜め息を吐いた。

「賭けに参加したのは本当だ。だが、初めから参加していたわけではない」

ゲームの主催者がチェスの敗者の罰ゲームはレオノーラを落とし、純潔を奪うことだと決めたと聞き、危機感を覚えて飛び入り参加したのだと。

「それで、わざと負けたと。……私のために？」

「ああ、そうだ。君の悪い噂も大分払拭できている。」

信じられればどれほどよかっただろう。しかしこの四年で男性不信はますますひどくなり、心が凍り付いてしまっている。

「……わかりました」

早く宿屋に帰りたい一心で頷く。

「もう結構です。昔の件については許しますので、もう気にしないでください」

「レオノーラ……」

「お互いもう忘れましょう。若い頃の過ちなんて誰でも――」

「――レオノーラ！」

強い声で名を呼ばれてビクリとする。

「……すまない」

ザカライアは落ちかけた帽子を被り直した。

「誤解しないでくれ。私は君に償おうとして、結婚を申し込んでいるわけではない」

なら、なぜだとレオノーラが眉を顰めていると、ザカライアは「君を愛しているから。それだけだ」と言い切った。

「私はそれほど器用なたちではないらしい。一生をともにするなら君以外考えられなかった。それだけだよ」

自分だけを見つめる真摯で切なげな眼差しに息を飲む。

「第一」

ザカライアは言葉を続けた。

「私以外に聖ブリジット女学校に援助しようという者はいないのではないか？」

「うっ……」

その通りだった。

「君が私と結婚してくれれば、未来永劫《みらいえいごう》に亘《わた》って援助する。ただし離婚しなければの話だが」

「まさか……それが条件ですか？」

「そうだ」

となると、当然教師も辞めねばならないだろう。

それだけが無念で黙り込んでいると、ザカライアは「一つ提案がある」と人差し指を立てた。

「君を理事に任命しよう」

「えっ……」

「その方が学校運営に関われるし、教師より権限が強い」

一ヶ月に一週間なら理事の業務のため、聖ブリジット女学校に滞在してもいいと。

援助に加えての破格の待遇に、レオノーラはさすがに息を呑んだ。心を落ち着かせるためにコホンと咳払いをする。

「その……私のどこがいいんです？　四年前、あなたを平手打ちした挙げ句、一度も会おうとしなかった女ですよ」

悲しいかな、我ながらまったくメリットが思い浮かばない。デメリットなら山と数え上げられるのだが。

まさか、婚姻期間中に仕返しでもするつもりかとも思ったが、ザカライアはネチネチと人を恨む性格でも、人前で恥を掻かされてもしつこく根に持つようなプライドの高いタイプでもない。

ザカライアはようやく微笑んでレオノーラの頬に手を当てた。

夜風に当たっていたからか、すっかり顔は冷え切っていて、ザカライアの手の熱を一層強く感じた。

「君だからこそだよ、レオノーラ。君を愛しているからだ。それに君は、人のためには我が身を呈することを躊躇わない人だろう」

校長のためにも、生徒たちのためにもザカライアの援助、すなわち求婚を断れないし断らない。

「違うかい？」

レオノーラは溜め息を吐いて観念した。

「……違わないわ」

こうしてレオノーラは四年越しに求婚を受け入れ、ザカライアと結婚することになったのだった。


通常、貴族の挙式と披露宴の手順は、まず両家で婚約が決まったのち社交界に公表。半年から一年掛けて準備することが多い。

ところが、レオノーラの場合は勝手がまったく違っていた。

ザカライアの求婚を受け入れ、精神的に疲れ果てて宿屋に帰った翌朝のこと。「号外、号外だよ！」と新聞配達夫の大声で目覚め、うるさいなあと思いつつ階下の酒場に向かった。

「おはようございます。ここで朝ご飯って食べられますか」

「ああ、出しているよ。すぐできるから」

案内されたテーブル席に着き、机に突っ伏して溜め息を吐く。

まさか、ザカライアと結婚することになるとは。これから大変だと唸っていると、伸ばした手の指先に新聞の端が触れた。

そういえば配達夫が今日は号外があると言っていた気がする。

「はいよ！　お待ち！　朝定食だよ！」

女将の掛け声とともにテーブルにオムレツと焼き野菜とトースト、冷たいミルクが置かれる。

まずは腹ごしらえをし、ミルクのカップを手に取ったところで、もう一方の手で新聞を捲った。

何気なくシティニュース欄を見てぎょっとする。

『ノースウッド公爵が婚約！　お相手はレオノーラ・ハート子爵令嬢！　公爵が四年越しの初恋を実らせる！』

危うくミルクを吹き出しそうになった。

「な、な、な……」

ノースウッド公爵とはザカライアのことだ。臣籍降下した際国王より賜った姓と爵位だと聞いている。

カウンターの向こうで皿洗いをしていた女将が、「ああ、それねえ」とレオノーラの手元を見てがっはっはと笑う。

「ようやくあの男前の公爵様も身を固める気になったんだねえ。うちの娘が泣くわ。あの方のファンだったんだよねえ」

女将の言葉はレオノーラの耳に入らなかった。

「ど、ど、どうして」

求婚されたのも承諾したのも昨日だ。なのに、なぜ今朝の新聞で婚約が発表されたのか。

ザカライアが前もって手を回していたからに決まっていた。

「あんの……！」

万が一レオノーラに断られても外堀を埋めるつもりだったに違いない。なんて男だと怒りにまかせてミルクを飲み干し、テーブルに紙幣を叩《たた》き付《つ》けた。

「女将さん！　馬車呼べる？」

「あ、ああ。呼べるけど……」

「すぐに頼むわ！」

馬車の一人乗りは高くつくがそれどころではない。

レオノーラは素早く身支度を調えると、急ぎ馬車に乗り込み、王都のノースウッド公爵家のタウンハウスに走らせた。

しかし、一等地にあるその屋敷の門の前に到着したはいいが、予想以上の規模にうっと息を呑む。

窓が数え切れないほどあるだけではない。

一階部分は百年前に流行した石レンガを使った伝統的な様式、二階部分は昨今貴族に好まれている古代の神殿風味の白亜だ。

二階部分を増築したのだろう。二者のデザインの組み合わせが絶妙で目を奪われる。クラーラの嫁ぎ先のタウンハウスより豪勢だ。

しかし、気圧《けお》されている場合ではない。名を名乗ると警備員はすぐに門を開け、メイドを呼んで中に案内してくれた。

「旦那様はこちらにいらっしゃいます」

扉が開けられるのと同時に、中に踏み込み「ザック！」とザカライアの愛称を呼ぶ。

「この記事は何？」

その部屋は家族向けの居間で、ザカライアは長椅子に腰を下ろし、のんびり紅茶を楽しんでいるところだった。黒ズボンに白いシャツの軽装なのに、しっかりさまになっているのが小憎らしい。

「やあ、おはよう、レオノーラ。紅茶を一杯どうだい」

テーブルの上にはティーセットが用意されている。レオノーラが駆け付けてくるのも予想していたに違いなかった。

レオノーラはつかつかと長椅子に近付くと、号外の新聞をザカライアの目の前に突き付けた。

「一体どういうつもりなの」

ザカライアはカップをテーブルに置きにこやかに微笑んだ。

「何か困ることはあるかい？　私たちは昨夜婚約しただろう？」

「それは……！」

確かに、何がいけないのかと問われると言葉に詰まる。

「だって……こんなに早く発表するなんて思わなかったから……」

「そうでもしないと君はまた逃げるだろう？　今度こそ手の届かないところに飛んでいってしまう」

「そんなことは……」

「ないとは言い切れない」

一から十まで図星過ぎて降参するしかなかった。

「お茶をどうだい。香り高い品種だよ」

肩を落として向かいの長椅子に腰を下ろす。

「あなたってこんな人……だったわね」

虫も殺さぬような顔で、なんだかんだで思い通りに事を運ぶ、それがザカライアだったと今更ながらに思い知らされた。

「ちょうどよかった。今日は挙式と披露宴の打ち合わせをしようか」

「えっ？」

「ああ、そうだ。せっかく来てくれたんだ。今日から社交シーズンが終わるまではここで暮らすといい」

「ええっ⁉」

「身の回りに必要なものは大体用意してある。足りなければメイドに頼んでくれ」

「ちょ、ちょ、ちょっと待って……」

いくらなんでも早過ぎないか。

しかし、ザカライアは一日どころか、一分一秒たりとも待つつもりはないようだった。

「挙式は十月に領地の教会で行うことになっている」

「はっ？」

ということは、たった三ヶ月後ではないか。これまた王侯貴族の定石を無視している。

「仕立屋と宝石店を呼んであるから好きなデザインを頼むといい。ただし、指輪だけは先日渡したものにしてほしい。亡き母から将来妻になる人にともらったものなんだ」

「……」

もうレオノーラは呆れてものも言えなかった。

「……領地ってどこでしたっけ」

「北部のノースウッドだよ」

レオノーラはその地名にはっとした。

あのイチイの森の近くの土地だ。

「あの森は開発で伐採されたんじゃ……」

「兄上に頼んで本来いただける領地と交換していただいた。森はそのままにしてある」

では、あの神々しいイチイの木は無事なのだとほっとする。

「よかった……」

あの美しい森が守られたのだと思うと心から嬉しかった。

「ありがとう、ザック。感謝するわ」

「……やっと笑ってくれたね」

ザカライアが嬉しそうに目を細める。

愛おしそうな視線を受け、レオノーラの心臓がドキリと鳴った。

「それに、ザックとも呼んでくれた。君からその愛称を聞くのは何年ぶりだろうな」

「あっ……」

興奮していたので気付かなかったが、恋人同士だった頃のような気安い口調になっていた。

「これからもそうしてくれると嬉しい」

「……」

レオノーラはずるいとザカライアから目を逸らした。

時々こうして素直に本心を打ち明けるから、つい心を許してしまいそうになる。

照れ隠しにザカライアが淹れてくれた紅茶を一口飲む。

「……確かに美味しいわ」

「だろう？　茶菓子のクッキーもある。チョコレート入りだよ」

レオノーラの好物だった。

手を伸ばして一枚食べ、観念して「誰を招待するつもり？」と尋ねる。

「兄上には出席していただきたい。あとは君が決めるといい」

「でも、お付き合いのある王侯貴族の方がたくさんいらっしゃるでしょう。招待しないと今後何かと支障があるんじゃゃ――」

ザカライアは長い足を組んだ。

「――レオノーラ、私はもうあの頃とは違う。なんの力もない私ではない」

王家からはすでに独立しており、新たな姓も名乗っている。領地運営とは別に始めた事業も軌道に乗った。身分に囚われず様々な実業家と付き合いがあり、もう王侯貴族との付き合いがなくともやっていけると。

「これからは王侯貴族ではなく実業家の時代だ。だから、不快だと思うことは何もしなくていい。今度こそ君を守りたいんだ」

真摯な眼差しから目を逸らせない。

ザカライアの黄金色の瞳の奥には、強い意志の光が目映《まばゆ》く煌めいていた。

――結局、レオノーラの希望で挙式にはそれなりの面子を招待することになった。

国王陛下に出席していただくのだ。ザカライアにそんなことはしなくていいと言われたものの、さすがに好き嫌いだけで選ぶのは気が進まなかった。

招待客の中には旧友のオリヴァーと親友のクラーラ、彼女の夫もいた。この二人にだけは絶対に出席してほしかったのだ。できればセリアにも来てほしかったが、現在、店を持ったばかりで多忙とのことで、代わりに祝電を受け取っていた。

クラーラはザカライアとの結婚が決まったと連絡をし、招待状を渡しに行くと、まず「いつの間に⁉」と驚いていた。

さすがに説明しないわけにもいかず、クラーラが退学したのち流れと勢いで付き合うようになり、その後一度別れたのだと説明する。

「あっ、もしかしてザカライア様を卒業式で平手打ちにしたって喧嘩《けんか》の理由って……」

「別れ話が拗《こじ》れちゃってね」

「なんだ、そうだったの。私、どうして二人が喧嘩したのか不思議だったのよ。ようやく謎が解けたわ」

「黙っていてごめんなさい……」

「何を言っているの。……私はもうとっくに結婚していたんだから気にしないで。もちろん行くわ。控え室に行ってもいい？」

「もちろんよ」

クラーラは学生時代ザカライアに憧れていた。それだけに交際していたと知らせるのは気が引けたが、クラーラはまったく気にした様子はなく、式当日の控え室でも「おめでとう」と笑顔で抱き締めてくれた。

「大好きな二人が幸せになってくれて嬉しいわ」

ハーバート侯爵であるオリヴァーも控え室に来てくれた。

「まさか、あんたとザックが付き合ってただなんてなあ。ったく、教えてくれりゃ良かったのに、水くさい」

「悪かったわ。誰にも知られたくなかったの」

「まあ、今更だな」

ザカライアとレオノーラの肩を交互に叩き、「賭けに勝ったな」とニヤリと笑う
「賭けとはなんだ？」

「ザックって昔からレオノーラが好きだっただろ？　レオノーラも絶対いつか落ちるって言っていたんだよな」

「ちょ、ちょっとオリヴァー、止めてよ」

「どうして。なあ、ザック、レオノーラ、初めからかな～りお前のことを意識していたぜ。俺、その手の話には敏感だからな」

ザカライアは「……そうだったのか」と頷いた。隣のレオノーラを見下ろし唇の端に笑みを浮かべる。

「早く言ってくれればよかったのに」

「あの頃は……恋愛には疎かったから……」

そして、まさか四年後にウェディングドレスを身に纏うことになるとは。

挙式用のウェディングドレスは肌を見せない詰め襟タイプで、流れるようなラインのシンプルなデザインだった。ただ、ヴェールは繊細なレースで四メートルはある。

「綺麗なヴェールね。ドレスもよく似合っているわ」

クラーラが溜め息を吐く。

「やっぱりあなたは髪を下ろしていた方が素敵よ。ピンクブロンドが純白に映えているわ」

「ありがとう。天国の両親が喜んでくれているといいんだけど」

このヴェールはレオノーラの亡き母がやはり亡父と結婚した際使ったものだった。両親亡きあと家屋敷も調度品もほとんど売り払われてしまったが、これだけはこっそり形見として隠して残しておいたのだ。

形見といえば父が遺した僻地のハゲ山もだが、木々がほとんどなく保水力もない、山小屋も建てられない脆《もろ》い地盤で、いまだに買い手がつかずに放っておいている。

この山についてはザカライアに相談し、いずれ処分するつもりだった。管理が行き届かないのに取っておいても仕方がない。

「そろそろ時間ですよ」

付き添いがレオノーラの手を取る。

「じゃあ、レオノーラ、聖堂で会おう」

手を振るザカライアの胸をオリヴァーが肘でぐりぐりと押した。

「いよいよお前も既婚者か。ここから先は地獄だぞ」

「いいや、天国さ」

レオノーラは二人の会話を背後に聞きながら、果たしてザカライアとの結婚生活はどちらになるのかと首を傾げた。

まったく想像がつかない。

いずれにせよ、もう覚悟を決めたのだ。こうなれば最後までとことんザカライアに付き合うしかなかった。

――ザカライアが初代となるノースウッド公爵家の姓の由来は地名である。

レオノーラが初めての夜をザカライアと過ごした、あのイチイの森がノースウッドというのだ。

そして、今後二人の新居となるカントリーハウスがある土地でもある。

王都のタウンハウスは国王より賜った元王家所有のものだそうだが、こちらは新築でまだ漆喰《しっくい》や天井のフレスコ画に使われた顔料の匂いがした。

「この屋敷は気に入ったかい？」

「え、ええ……」

夫婦となって初めての夜、レオノーラはベッドの縁に腰掛け、モジモジとしながらこう答えた。

「装飾がシンプルで落ち着くわ」

横広がりの建築様式で中央に風見鶏《かざみどり》の回るドームがあり、壁は薄茶のレンガ風でレオノーラも親しみやすい。

「あの森に合うようにしたんだ。気に入ってもらったならよかった」

ザカライアはレオノーラの隣に腰掛けた。

ベッドがわずかに軋《きし》む音にレオノーラの心臓の音が重なる。

初夜ということもあってメイドたちが張り切り、肌には甘い香りの香油を塗り込まれ、すぐに破れてしまいそうな繊細なレースの寝間着を着せられている。

ザカライアは入浴を終えたばかりだからかガウン姿だった。合わせ目からは逞しい胸筋が見え隠れしている。

初めてでもないのだから、大したことではない――そう自分に言い聞かせても心臓は早鐘を打ったままだ。

ザカライアはレオノーラの隣に腰を下ろすと、「レオノーラ」とこの上なく優しい声で名を呼んだ。

「……」

さすがに無視はできずにザカライアを見上げる。

「私と結婚してくれてありがとう」

いつものレオノーラなら「強引に囲い込んだくせに」と、憎まれ口の一つでも叩いていたかもしれない。

なのに、なぜだろうか。今夜は湯上がりのザカライアに魅せられ、言葉がうまくでてこない。

「……援助してくれたから」

「ああ、そうだな。それでも嬉しいんだ」

レオノーラの顎を摘まみキスを落とす。

「この四年、君に会いたくてたまらなかったよ」

ゆっくりとベッドに横たえられる。

「夢のようだ。レオノーラ、どうかこのまま消えてしまわないでくれ」

切なく熱い一言に息を呑む間に、するりと寝間着の胸元のリボンを解かれた。

「……っ」

ザカライア以外誰も触れたことのない、白く形のいい乳房がふるりとまろび出る。そのまま寝間着をずり下ろされると、まろやかでなよやかな肢体が露わになった。

「や……見ないで……」

ザカライアの視線が体の線をなぞるのを感じ、顔を覆う。

「恥ずかしいのかい？」

鎖骨にちゅっと音を立てて口付けられただけで、体をびくりと跳ねさせてしまった。

「だって……」

恋なんて二度としないと誓ったはずだったのに、恋愛を通り越してスピード結婚し、処女を捧げた男性にもう一度抱かれることになるとは。

「そんな君も可愛いよ。きっとベッドでしか見られないな」

「あっ……」

乳房を大きな手で鷲掴《わしづか》みにされ、反射的に手の甲を口に当てる。

「あ……ン」

「そうだった。君の体はこんなにも柔らかかったんだな」

ザカライアは指先を柔肉に食い込ませた。感触を確かめるかのように手全体で揉《も》み込《こ》む。

「ふっ……あっ……あっ」

手の平で擦られる刺激で胸の頂がピンと立ってしまう。

ザカライアはすぐに気付いたようで、「感じてくれているのかい？」と目を細めて尋ねた。

「嬉しいよ、レオノーラ。ベッドの中だけでもいいから、私を愛してくれ」

不意に顔をふるふる揺れる乳房の間に埋められ、火照る肌が今度はざわりと粟立《あわだ》つ。

「ざっ……く」

髪に手を埋めて引《ひ》き剥《は》がそうとしたが力が入らない。更にすっかり敏感になった乳首にむしゃぶり付かれ、ちゅうちゅうと吸われると体中から力が抜け落ちていった。

「あっ……駄目っ……そんなのっ……」

前歯で軽く嚙《かじ》られ「ひゃんっ」とおかしな声を上げてしまう。同時に腹の奥がじゅんと熱くなって滾々《こんこん》と蜜を分泌した。

体がザカライアをほしいと訴えている。

ザカライアはそんなレオノーラの思いに応えるように服を脱ぎ捨て、弛緩《しかん》したすらりとした足を膝で割り開いて腰を押し付けてきた。

足の間にかたく熱く滾《たぎ》る肉塊を押し当てられる。

覚えのある感触に慄き、レオノーラは思わず身を捩ったが、逃すまいとばかりに腰を抱えられて動けなくなってしまった。

狙いを定めた雄の証がぐっと潤んだ蜜口に侵入する。

「あ……あっ」

四年ぶりの情交なので中が狭くなっていたのだろうか。

ザカライアはわずかに顔を顰めると、レオノーラの片足を抱え上げ、蜜口をぱっくりと開かせた。そこに再びおのれの分身を押し当てる。

ザカライアも我慢の限界だったのだろうか。肉の楔《くさび》を一気にレオノーラの隘路に押し込む。

「……っ」

覚えのある圧迫感に目を見開く間もなくずるりと引き抜かれ、再びぐっと最奥まで挿入され肺から呼吸が押し出される。

「は……あっ……」

耐え切れずに涙目で首を振りながら、助けを求めて手を伸ばしたが、間もなくシーツの上にパタリと落とす。

ザカライアはレオノーラの弱い箇所をよく覚えているのか、巧みにそこを突いてレオノーラを身悶えさせた。

「ザック……ゆ、許して……私……もうっ……」

「まだだよ、レオノーラ」

ザカライアは額から汗を流しながら唇の端で微笑んだ。

「私は四年間、君に飢えていたんだ」

まさか、今夜だけで四年分を味わわされるのかと慄く。

あとはザカライアに翻弄されるばかりだった。


――結婚して早くも半年が経った。

社交シーズンの現在、レオノーラはザカライアと一緒に王都のタウンハウスで暮らしている。

社交シーズンとはいえ、ザカライアはほとんど社交界の行事に出席していない。舞踏会、晩餐会《ばんさんかい》、園遊会の招待状が山積みになっているだろうに、今日も相変わらず居間でレオノーラの肩を抱いて寛《くつろ》いでいる。

かえってレオノーラの方が気にしているほどだった。

「ねえ、ザック。前に招待された晩餐会、本当に出席しなくてよかったの？　仕事に支障が出たりはしない？」

財務大臣からの招待だったので、さすがに出席しなくてはならないだろうと、密《ひそ》かに準備を整え、心構えもしていたのに。

「構わないさ。あの大臣は私がなぜ出席しないのかもよくご存知だ。しかし、招待しないとそれはそれで失礼にあたると考えて送っているだけさ」

ザカライアはレオノーラに嫌なことは何もしなくていいと言っていた。レオノーラは王侯貴族が苦手だと知っているからだろう。

とはいえ、いくらなんでも断りすぎではないかと心配になってしまう。

万が一今後の事業に差し障りが出ては申し訳ないどころではない。

ザカライアがレオノーラのピンクブロンドの毛先を玩びながら微笑む。

「君は心配性だな」

「あなたが楽観主義過ぎなのよ」

「それだけの実力があると信じてくれると嬉しいんだけどね」

頬にキスされ、顎を摘ままれ思わず「ちょっと」と身を捩る。

「まだ昼じゃない」

「愛し合うのはいつだって構わないだろう」

「あっ……」

不意打ちで口付けられ目を瞬《まばた》かせる。だが、歯茎を舌でなぞられ、口内を探られるうちに、次第に思考がザカライアの熱で溶けていった。

「……んっ」

時折唇を離して見つめ合い、より深く唇を重ねられる。

更に長椅子にゆっくりと横たえられ、ドレスのボタンに手を掛けられたところで、コンコンと扉が数度叩かれた。

「ザック……」

「放っておこう」

「でも、急用かもしれないわよ」

扉の向こうからザカライアの従者の声が聞こえる。

「旦那様、国王陛下よりお手紙が届いております」

「兄上から？」

さすがに実兄である国王からの手紙となると、ザカライアも意識せざるを得ないのだろう。しぶしぶ体を起こして身なりを整え、「入れ」と命じた。

「なんの手紙だ」

「招待状ではないかと思うのですが……」

確かに封筒の装飾からしても何らかの招待状に見える。

ザカライアは従者からペーパーナイフを受け取り、中から二つ折りの封筒を取りだした。目を通したのち溜め息を吐いて折り畳み直す。

「招待状でしょう？」

「どうせ出席しない」

「なんの招待状？　教えてくれるくらいいいでしょう」

「君には敵《かな》わないな」

ザカライアは肩を竦めてレオノーラに招待状を手渡した。

春の舞踏会の招待状だった。王宮では春夏秋冬の季節ごとに一度舞踏会を開催する。特に春の舞踏会は国内の有力者のみならず、各国の大使も招待する重要な行事だった。

「これは出席しないとまずいんじゃない？」

ザカライアの事業のひとつに貿易がある。海外から希少価値のある茶葉や香辛料を輸入するのだ。輸入元の国の大使がいるのなら接待しておいた方がいいだろうに。

なのに、ザカライアは必要ないと首を振るばかりだった。

「風邪を引いたとでも言っておけばいいさ」

「……っ」

レオノーラの脳内で何かがプツリと切れる音がした。

「あのねえ、ザック！」

ザックの胸倉を掴んで迫る。

「私のことを考えてくれるのはありがたいわ。でもね、私、借りを作りっぱなしになるのは性に合わないのよ。ちゃんと公爵夫人としての役目を果たさせて。一応これでも昔はそれなりの貴族令嬢だったんだから」

そうでもなければ聖ブリジット女学校を救ってくれた恩を返せない。

当初は何が目的なのかと訝《いぶか》しんだ結婚だったが、今となってはザカライアに感謝しかなかった。授業料無料の聖ブリジット女学校でなければ学べなかった、地域の貧困家庭や平民出身の女児たちが学問を諦めずに済んだのだから。

現在月に一週間理事として通っているが、ザカライアが雇ってくれたプロの顧問のおかげで、財政状況が改善しただけではなく、継続的な運営を続けられる目途が立っている。過去の償いにしてももうその域を超えていた。

「だが、社交界は君にとって居心地のいい場所ではないだろう」

レオノーラはザカライアの胸倉から手を離した。きちんと揃えた膝の上に手を置く。

「あのね、ザック。私は今更好き嫌いで、やるべきことをやらないほど子どもじゃないのよ」

「レオノーラ……」

ザカライアは苦笑すると、「わかったよ」と頷いた。

「ただし、無理はしないでくれ。いつでも帰っていいことにするから」

「あら、私の図々《ずうずう》しさを舐めるんじゃないわよ」

レオノーラはにっと笑ってザカライアの額を突いた。


――ブリタニア王国の王宮の大広間は数年前改装され、もともと見事だった装飾が芸術の域に昇華されている。

天井には一面にフレスコ画が描かれており、時計回りにブリタニア王国の建国記を楽しめるようになっている。吊《つ》り下《さ》げられたシャンデリアからは七色の光が降り注ぎ、白亜の壁を同じ色に染めて夢のような光景を演出していた。

そんな空間に色とりどりのドレスを身に纏った貴婦人や令嬢、漆黒や濃紺のタキシード姿の紳士や貴公子たちが踊ったり、壁際で歓談をしたりと、思い思いに夜の一時《ひととき》を楽しんでいる。

だが、全員がある人物が会場に足を踏み入れるなり、その存在感にはっとして動きを止めた。一斉に、開かれた扉に目を向ける。

レオノーラはザカライアにエスコートされながら、驚きと好奇心に満ちた無数の視線を受けて立った。

「まあ、ノースウッド公爵よ。隣の美しい女性はどなたかしら。見事なピンクブロンドね。今夜は奥方と来るはずじゃ？」

「奥方って確か子爵家出身だったわね」

「ああ、だが没落して見る影もない家だ。なぜよりによってあんな家の娘と……」

「しかも、大学の卒業式で平手打ちをされたんでしょう？」

「あら、それは誤解だって前閣下がおっしゃってたわよ。これ以上奥方を悪く言わないでほしいって」

「えっ、どういうこと？」

本人たちは声を潜めているつもりだろうが、ここは音響効果のある大広間なので、しっかりとレオノーラの耳に届いている。

レオノーラは隣の女性はその奥方だと内心毒づいた。

だが、こんなものよねと内心肩を竦める。社交界デビュー前に実家が没落し、親戚中をたらい回しにされ、公式行事には一度も出席できていない。皆顔を知らなくて当然なのだ。

しかし、ダンスは幼い頃に習っているし、今もしっかり体が覚えている。昔から運動は得意だったのだ。

問題は自身の評判だった。

卒業式でザカライアと揉めた挙げ句平手打ちにしたことで、一度社交界での評判は地に落ちたと聞いている。その場にいた男子学生たちが面白おかしく噂を広めたのだとか。

内容はまあ悪意に満ちたひどいものだった。

レオノーラは貧乏暮らしから抜け出し、玉の輿に乗るためザカライアを誘惑したが失敗。プライドを傷付けられ卒業式の場で恥を掻かそうと、ザカライアを平手打ちにしたのだと。

学生時代交際していたことはずっと内密にしていたし、レオノーラのプライドが高いのは確かだったので、当時の社交界にはその噂が真実に思われたらしい。

ザカライアがなんとかしようと頑張ってくれたおかげで、今は大分、沈静化したようだが、まだ一部の口さがない者たちが話のネタにしているみたいだった。

だが、ザカライアのためにも今日こそそのイメージを払拭せねばならない。

舐められないためにも今日の衣装にはカツを入れている。結い上げたピンクブロンドに合わせ、バラ色のドレスと、三連の真珠のネックレスを身に着け、化粧も完璧に仕上げた。

メイドたちにも「誰がどこからどう見ても美人です！」と保証されている。やる時にはやる没落令嬢なのだと思い知らせなければ。

「……？」

ふと視線を感じたので振り返る。

同年代と思《おぼ》しき青年がうっとりと頬を染め､魂を抜かれたような表情でレオノーラを見つめていた。

しかもこの青年、どこかで見たことがある顔である。

しばし記憶を探って思い出す。

レオノーラにしょっちゅう嫌がらせをしてきた男子学生の一人ではないか。教科書が毎度被害に遭っていたので、憎たらしく顔をしっかり覚えていた。

「あら、お久しぶりです。確かジョンさんでしたよね？」

「い、いいえ、ジョナサンですが…………」

青年がいきなり声を掛けられ慌てふためく
「その、どこかでお会いしたことがあったでしょうか」

「ええ。何度も。何年前だったかしら」

ますます焦った表情で目を泳がせる。

「おかしいな。あなたほど美しい方なら覚えていないはずが……」

「旧姓はハートと申しました」

「へっ」

思い出せないのかぽかんと口を開ける。

「レオノーラ・ハート……忘れてしまいましたか？」

「……っ」

今度は目が大きく見開かれる。

「えっ……レオノーラ・ハートって……」

そして、たちまち顔色が真っ青になった。

「じゃ、じゃあ、ノースウッド公爵と結婚したって……」

ザカライアがすかさずレオノーラの肩に手を回す。

「ああ、本当だ。四年越しの初恋をようやく実らせることができたよ」

青年の顔色が今度は真っ白になった。じりじりと後ずさり人にぶつかりそうになる。よほどショックだったらしい。

「おっと危ない。大丈夫かい？」

「……⁉」

青年は「もっ、申し訳ございませんっ！」と頭を下げた。

「ゆ、許してください。昔の悪戯《いたずら》はほんの出来心で……」

「悪戯？　出来心？　なんのことだい？」

ザカライアは微笑みを浮かべたままだ。

青年はそこで我に返ったのか、辺りを見回し注目されているのに気付き、「し、失礼します。気分が……」と這々《ほうほう》の体《てい》で大広間から逃げ出してしまった。

「行っちゃったわ」

レオノーラは溜め息を吐いてザカライアを見上げた。

「……私、やっぱり相当性格悪いみたい」

「どうしてだい？」

「あいつの態度が変わったのを見てちょっとスッキリしたもの」

ザカライアは「正直な君も好きだよ」と笑って髪に軽くキスをしてくれた。

二人を遠巻きにしていた招待客たちが、恐る恐る近付き代わる代わる挨拶をする。

「ノースウッド公爵、ご機嫌よう。あの、その方はまさか……」

「ああ、私の妻のレオノーラだよ」

「皆様初めまして。レオノーラ・ノースウッドです」

レオノーラは誰もが見惚れる艶《あで》やかな微笑みを浮かべた。仲睦《むつ》まじい夫婦らしくザカライアに寄り添う。

「実は私、今夜が社交界デビューになりますの。幼い頃実家が破産してしまって……」

「妻は苦学の末奨学金で我が国初の女性の大学卒業者となりました。私は努力家の彼女にその頃から首ったけだったんです」

先ほどまでレオノーラの悪口を言い合っていた貴婦人、令嬢たちが、気まずそうに顔を見合わせている。

「では、大学時代からお付き合いされていたんですか?」

「ええ、そうです。ただし、学生の身分だったので内密にしておりましたが。何かと噂になりがちな世の中ですからね」

「そ、そうだったんですか……」

招待客たちは気まずそうに目を泳がせた。

一方、レオノーラはザカライアがここまで明るみに出すとは思わなかったので、今後話がどう展開するのか読めずにハラハラしていた。

ザカライアは会場入りする前、「私は必ず君を守る」と宣言していたが、一体どうするつもりだろうか。

貴婦人の一人がコホンと咳払いをして恐る恐る尋ねる。

「閣下、卒業式での噂はご存知ですか?」

「さて、なんのことでしょう?」

「その、私たちはもちろん信じておりませんが、卒業式でレオノーラ様が閣下と揉めて、平手打ちにされたとか……」

「ああ、なんだそのことですか!」

ザカライアはニヤリと笑ってみずからの頬を擦った。

「あれはご褒美です」

「へっ？」

皆呆気に取られる。そこにはレオノーラも含まれていた。

「私は美しい女性に罵られ、殴られるのが趣味なんですよ。卒業のご褒美に一発引っ叩いてくれ！とレオノーラに頼んだんです。もちろん、レオノーラは嫌がりました。いくら私の性癖であれ人を殴るなど有り得ないし、叶えることはできないと」

だが、それでもしつこく頼んだすえに、レオノーラはついに根負けして殴ってくれたのだと笑う。

「気の毒なことをしてしまいましたが、私にとっては至福の一時《ひととき》でした」

ザカライアを囲む招待客たちはなんとコメントしていいのかわからないのだろう。皆絶句してザカライアを凝視するか、気まずそうに目を泳がせていた。

そこでザカライアがすかさず言葉を続ける。

「……なんて理由だったらさぞ面白いでしょうね」

呆然としていた聴衆たちが我に返って一斉にざわめく。

「な、なんだ。冗談だったんですか」

「閣下もお人が悪い。一瞬本当かと——」

「――信じるか信じないかはあなた方次第ですよ」

この一言には再び皆黙り込んでしまった。

「どうぞお好きな方に取ってください」

どう判断していいのかわからないのだろう。招待客たちはザカライアの人を食ったような物言いに、けむに巻かれたような顔をしている。

「ちょ、ちょっとザック……」

これではザカライアが変態公爵だと、あらぬ噂を立てられるかもしれないではないか。

ところが、レオノーラが声を掛けようとしたところで、宮廷楽団たちが舞踏曲を終えて新たにワルツを奏で出した。

「ちょうどいい。レオノーラ、踊ろうか」

「でも……」

「ほら、私の手を取って」

少々強引にエスコートされ、中央に踊り出る。

ザックが音楽に合わせて最初のステップを踏むと、レオノーラの世界がくるりと一回転した。

「ね、ねえザック、あれじゃあなたが誤解されてしまうわ」

ザカライアはレオノーラの背を支えながら微笑んだ。

「大いに結構。どんな噂だろうと私を損なうことはないよ。……それ以前に私を敵に回せばどうなるのか、皆よく知っているだろうからね」

学生時代にはしなかった不敵な微笑みだった。

レオノーラはザカライアが現在公爵で、資産家であるとは知っていたが、それ以上は把握していなかった。

「あなたって一体——」

「——さあ、野暮《やぼ》な話は止めて踊ろう」

七色の光を放つシャンデリアの下で、レオノーラのバラ色のドレスの裾と真珠のネックレスが揺れる。

その光景を眺めていた招待客らは、「お綺麗ねえ」と溜め息を吐いた。

「学生時代から交際されていたんですって」

「てっきりレオノーラ様が閣下を侮辱して、挙げ句殴ったのだと思っていたわ。つい身の程知らずって怒ってしまった」

「閣下が誤解だっておっしゃっていたのは本当だったのね」

「よく考えなくてもそんな目に遭わされて結婚するはずがないし……」

「そもそもどうしてあんな噂になったのかしら？　一体誰が流したの？」

顔を見合わせ、口を押さえる。

「これ以上レオノーラ様の噂は禁止よ。もちろん、詮索も」

「ええ、そうね。閣下に睨《にら》まれたくはないわ」

皆の思惑など知るはずもなく、レオノーラはザカライアとともに踊った。

「あなた、リードがうまいのね」

学生時代、喧嘩別れする前に、二人で森に行ったあの日のことを思い出す。

「実は卒業式まではダンスは苦手だったんだ。すぐに酔ってしまう体質で、ぐるぐる回るだけで吐き気がするから」

「えっ……」

では、いつこれほどうまくなったのか。

ザカライアがくるりと一回転する。

「もちろん、頑張って練習したのさ」

「どうして?」

「君を卒業式のパーティーでエスコートしたかったから」

その一言に目を瞬かせる。

「だけど、あんなことがあってその夢は叶わなかった。でも、人生捨てたものじゃないな。四年かかっ

たけど、こうして君の初めてのダンスの相手になれる」

レオノーラはザカライアが眩《まぶ》しすぎて、ついその黄金色の瞳から目を逸らしてしまった。

「……初めてじゃないわ」

照れ臭さのあまり憎まれ口を叩いてしまう。

「練習相手になってくれたお父様が最初よ」

ザカライアはレオノーラの返答に満面の笑みを返した。そんな笑顔を見るのは初めてでドキリとしてしまう。まだ知らない表情があったのかと心臓がドキドキする。

「小さな君はさぞかし愛らしかっただろうな」

「……それはどうかしら。私子どもの頃から負けず嫌いだったから」

覚束《おぼつか》ない足取りでステップを踏んで間違え、そのたびに父に「もう一回！」と強請《ねだ》ったのを覚えている。

何度も足を踏まれたはずだったが、父は苦情一つ言わずに笑顔で付き合ってくれた。

「義父《ちち》上はダンスが上手《うま》かったかい？」

「小さい子に教えられるくらいだから、上手だったんだと思うわ」

「きっと義父上も私のように、君の義母《はは》上と踊るために努力したのさ」

「……そうね。そうに違いないわ」

もう誰とも語り合うことがないと思っていた、亡き父や母との思い出をこうして口にできるのが嬉しかった。

「義父上のように男は女に喜んでもらうために生きているのさ」

「あら、あなたも？」

「それ以外に生き方を知らないな」

キザな台詞とザカライアの笑顔に釣られてレオノーラも笑う。

ザカライアはわずかに目を見開いてレオノーラに見入った。

「君の笑顔、久しぶりに見たな」

「そ、そう？」

「ノースウッドの森を思い出した」

十八歳の誕生日祝いのイチイの森への旅を思い出す。確かに、あの日だけは思い切り笑っていた気がした。

そうか。笑えていた日もあったのかと心が少し軽くなる。

「ねえ、ザック。次の曲も踊ってくれるでしょう？」

「もちろん」

もう周囲の雑音など耳に入らない。ワルツの音楽とザカライアの声だけしか聞こえなくなっていた。

一通りの曲を踊り終わったあとはさすがに疲れ、レオノーラはザカライアと別れて壁に背を付けた。何気なく会場内を見回す。

ザカライアは現在、国王、外務大臣、財務大臣とワイングラス片手に政治、経済の議論に勤しんでいる。さすがに政治の中枢にレオノーラの出る幕はなかった。

ちびりちびりとワインを飲む間に、次々と貴婦人、令嬢たちから声を掛けられる。

「ノースウッド公爵夫人、初めまして。ブラウン男爵の妻のエミリーと申します。レオノーラ様と呼んでもよろしいでしょうか？」

「はい、構いません」

「私は娘のアビゲイルです」

「私はその従妹《いとこ》でリビングストン子爵の娘、キャロラインです」

全員期待に満ちた目でレオノーラを見つめている。

どうも嫌な予感がする。

果たしてその予感はもちろん当たった。三人が三人とも目をキラキラ……というよりはギラギラ輝かせている。

「レオノーラ様とお話できるなんて光栄ですわ」

「は、はあ。まだ結婚して半年ですけど」

「聖ブリジット女学校の理事をされているんですってね？」

さすがに驚いてしまう。

聖ブリジット女学校は地方といえば聞こえがいいが、いわゆるど田舎の平民の女児向けの女学校だ。貴族の興味を引く学校ではないだろう。

なのに、今その名をここで耳にしたのは、自分がノースウッド公爵夫人となったからだ。そのノースウッド夫人が現在どのような立場にあり、どのような仕事をしているのか、調べ上げたに違いなかった。

「私も寄付ができればと思いますの。これからは女性にも教育が必要な時代です」

なるほど、教育になどちっとも興味はないが、寄付金を餌に取り入ろうとしているのだろう。

国王や大臣たちと議論を続けているザカライアに目を向ける。すると視線を感じ取ったのか、ザカライアがさり気なく振り返り、言葉の代わりに微笑みで答えを返した。

なるほど、思う存分ノースウッド公爵家の威光を利用しろということか。なら、遠慮するつもりはなかった。

「嬉しいお言葉をありがとうございます。ですが、すでに聖ブリジット校に援助は足りておりますの」

しかし、隣町の女学校には足りていない。

「ブリタニアにはそうした学校が多くございます。私の夢は子どもたち皆に教育を与えることなのです。ですから、先日教育財団を設立いたしました」

寄付金はそこにと微笑むと、皆「喜んで」と頷いた。

「では、今度我が家で晩餐会を開催しますので、その際ご招待するということでよろしいですか？お話を煮詰めましょう」

「まあ、ぜひお願いします」

ノースウッド公爵夫人と繋がりができたと踏んだのだろう。貴婦人、令嬢たちは皆満足げに頷き、レオノーラに一礼すると、それぞれのパートナーの元に戻った。

ほうと溜め息を吐いてバルコニーに向かう。

取《と》り敢《あ》えず、四人分の寄付金とコネは確保できた。あとは輪をどこまで広げられるかが――。

それにしても疲れたと溜め息を吐いて柵に両手を当てる。

ザカライアが社交界の行事に来たがらないはずだ。きっと妻のためだけではない。元王族とノースウッド公爵の威光を目当てに言い寄られ、端から対処しなければならないことが多いからだろう。

皆貴族か有力者なので無碍《むげ》に扱うこともできない。不平等に接すれば今度は貴族間に軋轢《あつれき》が生まれる。

そして、そうした欲に満ちた視線を、生まれた時から受け続けて来たのだと思うと、王侯貴族の苦労が理解できる気がした。

図らずもそうしたザカライアの苦労を知ることができてよかったとも思う。これから彼の妻として生きていくために、避けることはできないだろうから。

夜風に身を任せて目を閉じていると、「驚いたな」と聞き覚えのある声がしたので振り返る。

褐色の髪と瞳の優男だった。漆黒のタキシードに身を包み、なかなか見栄えがしている。未婚の令嬢たちもチラホラと熱い視線を送っている。

「まあ、オリヴァー来ていたのね」

オリヴァーは肩を竦めてレオノーラの隣に並ぶと、バルコニーに腕と肘を預けた。

「これでもハーバート侯爵だからな。執事に尻を叩かれて来たんだ」

「それにしても」とレオノーラにチラリと目を向ける。

「化けたな」

「もう、相変わらず口が悪いわね」

「褒め言葉さ。一瞬誰かが見分けがつかなかった。本当さ」

レオノーラが先ほど声を掛けてきた女性たちと、迷わず繋がりを持ったのも驚いたと話す。

「本物の貴婦人に見えたぞ。あんた、そういうことは苦手だと思っていたよ」

「これでも一応貴族出身よ。それに、もう好きだの嫌いだの言っていられないから」

――これから先はザカライアの妻として、ノースウッド公爵夫人として生きて行く。ならば、その立場に相応しい言動をしなければならなかった。

オリヴァーはぴゅうっと口笛を吹き、「あんたもザックもたいしたものだよ」と賛美の言葉とともに呟いた。

「あんたの噂を完全に払拭しちまった」

レオノーラは先ほどのザックのご褒美発言を思い出し、はあと大きく溜め息を吐いた。

「あんなこと言わせたくなかったんだけど……」

ザカライアに恥を掻かせることだけはしたくなかったのに。

「あいつ、相変わらずあんたに首ったけだな」

「そう、かしら……」

「そうだよ」

「どうしてそうかしらだなんて言うんだ？　レオノーラはザックが好きじゃないのか？」

改めてそう問われると答えは一つしかなかった。

「ええ、好きよ」

結局、その一言に集約されるのだろう。

ザカライアとの過去をずっと忘れられなかったからこそ男性不信を払拭できなかったのだし、その男性不信があっさり消え失せたのも、結局ザカライアとよりを戻して結婚したからだ。

自分にとって男性とはザカライアだけなのだろう。

「私も未練がましかったのねえ」

また、ザックは言葉で結婚しようと説得するだけではない。この半年、行動で誠実さを示してくれたのだ。

「だから、もう疑うのは止めようと思って」

オリヴァーの眉がピクリと動く。

「疑うって？」

「プロポーズされた時、正直どうして今更って思ったのよね。私と結婚してもメリットなんて全然ないし」

「……レオノーラ、相変わらず毒舌だな。自分にはもうちょっと甘くてもいいと思うぜ」

「そんな考えじゃ世間の荒波を渡って来られなかったのよ。だから、何が目的なのかって訝《いぶか》しんじゃって」

だが、ザカライアは何も求めようとしない。今夜の舞踏会もむしろレオノーラがせっついて、やっと参加することになったくらいだ。

「……もっと素直に生まれたかったわ」

素直に話を聞き愛情を受け取り、与えることのできる可愛い性格だったら、四年前もザカライアとこうも拗《こじ》れなかった気がする。

「まあ、今更だけどね。これが私なんだし」

遠回りはしたものの、ザカライアと結ばれたのだ。よしとするべきなのだろうと頷く。

オリヴァーはまじまじとレオノーラを見つめていたが、やがて溜め息を吐いて「うまくいっているならなんだっていいだろう」と空を仰いだ。

「俺には春は……当分来ないだろうな」

「ということは、あなたは相手も見つけていないの？　ザックと同じ年だから二十七歳？　結構いい年でしょう」

「なんだよ、親戚のババアみたいな話しないでくれよ」

「お節介で悪かったわね。でも、あなたとザックとクラーラと私の中で、未婚ってもうあなただけだから。いつまでも独り身じゃいられないでしょう。ザックが結婚してしまったのなら尚更よ」

一般的に王侯貴族は男も女も二十歳頃までには婚約する。

ところが、ザカライアは元王族でありながら、結婚するまで婚約どころか、女の影がまったくないことで有名だったと聞いている。「あのノースウッド公爵もまだ結婚していないのだから……」と、独身貴族たちの言い訳にも使われていたとも耳にしていた。

「まあ、そうなんだけどな……」

結婚の話題になると途端にオリヴァーの歯切れが悪くなった。

ハーバート侯爵ともなればもはや母の氏素性など関係ない。縁談も雨あられとやって来るだろうに、何を躊躇っているのだろうか。

「好みの女がなかなかいなくてね」

「オリヴァーの好みってどんな女の人？」

オリヴァーは苦笑して目をレオノーラから目を逸らした。

「俺の相手ができる女かな。……気が強くて、ポンポン言い返してこなきゃダメだ」

なるほど、ハーバート家の家格に相応しい、深窓の令嬢には少々難しそうな条件だった。

「私も探しておくわ」

「まあ、期待しないで待っているさ」

オリヴァーはヒラヒラと手を振りつつバルコニーから出ていった。

「レオノーラ」

オリヴァーの影の端が大広間に消える頃、まもなく代わってザカライアが現れる。

月明かりに照らし出された気品あるその姿に、もう結婚したのだというのについ心臓がドキリと鳴ってしまった。

「オリヴァーと話していたのかい？」

「ええ。彼も相変わらず口が悪かったわ」

「……そういえば君とオリヴァーは昔から仲がよかったね」

仲がいいという表現には首を傾げてしまった。

「遠慮なくなんでも言い合うというか」

「それを仲がいいというんだよ」

どうしたのだろう。ザカライアには珍しく不機嫌そうだ。

「私にはあんな話し方はしてくれないだろう」

拗《す》ねたような一言でようやく気が付いた。

「ザック、まさかあなた妬《や》いているの？」

それも、長年の友人のオリヴァーに。

ザカライアはレオノーラの隣に並んで肩を抱いた。

「当然だろう。私は嫉妬深いんだよ、レオノーラ。君の目に他の男が映っただけで気が狂いそうになる。……それがオリヴァーなら尚更ね」

だから、外に出したくなかったのにと唸る。

レオノーラは感情を剥《む》き出しにしたザックに驚きつつも、なんとか安心させようと口を開いた。

「私が男性がそんなに好きじゃないって知っているでしょう？　オリヴァーはまったく異性だって意識していないからああいう付き合いになるのよ。男性として好きなのはあなただけだわ」

「……」

ザカライアは目を見開いてレオノーラを凝視した。

「どうしたの？」

「君から好きだと言ってくれたのは初めてだ」

「えっ、そうだった？」

結婚して半年の記憶をくまなく検索し。確かになかったと愕然《がくぜん》とする。

「ご、ごめんなさい……。本当に言ってなかったわ……」

「昔付き合っていた時もそうだ。好きだと言っていたのは私ばかりだったよ」

「ザック……」

ぷいとそっぽを背けたザカライアが、こんな一面があったのかと感じるのと同時に、愛おしくて堪《たま》らなくなった。

ザカライアの耳元に両手を当て、「好きよ」と囁く。

「……聞こえない」

「あなたが好きよ、ザック。世界一」

まったく、夫婦になってようやくこの一言を言えるとは、どれだけ鈍感で気の利かない女だと我ながら呆れてしまう。だが、そんな女を愛してくれたのだと思うと、ますますザカライアを好きになった。

「私もだよ、レオノーラ」

ザカライアはレオノーラの手を取り、まず甲に、続いて指の間に、最後に裏返して手の平に口付けた。

「君のいない日々がもう考えられなくなっている」

レオノーラは「そうね」と頷いた。

「私もあなたがそばにいない自分が考えられないわ」

四年前はそれが恐ろしかったし、自分の弱さを証明しているようで認められなかった。だが、今は誰かと愛し合うことは一方的に寄りかかるだけではない。その人を支えることでもあるのだと考えられる。

そうした考え方の変化が嬉しかった。

その夜馬車でタウンハウスに帰宅した二人は、寝室に足を踏み入れるが早いかベッドに雪崩れ込《なだこ》み、急ぐ余りもつれそうになる手で互いの服を脱がせ合った。

「服が邪魔だな」

「下着も。人間って不便ね」

「でも、こうして裸になるまでワクワクできる」

「それもそうね」

くすくす笑い合いベッドの上でじゃれ合う。

ザカライアは不意に背中からレオノーラを抱き締めた。その呼吸が髪と首筋を擽《くすぐ》りレオノーラは笑いながら身悶える。

「やだ、ザック、くすぐったいわ」

その笑い声も続いて長い腕が回ってきて、大きな手に乳房を掴まれたことで止まった。

「あ……ン。あっ……」

指先も手の平ももう欲情で熱くなっている。

強く、弱く、緩急を付けて揉み込まれると、ザカライアの熱が擦り込まれる気がした。

指の間にぷっくりした乳首を挟まれ、つい「やんっ」と鼻に掛かった喘ぎ声を上げてしまう。同時に耳を舐られ、舌先で首筋まで辿られ、肌を吸われた時には喉の奥から熱い吐息が漏れ出た。

「ザック……もっと……」

目を潤ませて甘く強請る。

「そんなに可愛い声を出さないでくれ。もう今すぐにでも君を無茶苦茶にしたくなる」

「無茶苦茶って……」

「狼《おおかみ》のように君を最後まで食らい尽くしたくなる」

ザカライアは言葉とともにレオノーラの髪を掻《か》き分《わ》け、火照った首筋に歯を立てた。

「ひゃんっ」

「……こんな風に」

軽い痛みに背筋がゾクゾクとする。

愛する男には傷付けられることすら快楽になるのかもしれない——そんなことを考える間にゆっくりとベッドの上に俯《うつぶ》せにされた。

「ザック？　何を……」

まろやかな線を描く尻を撫《な》で回していた手が、なんの予告もなく足の間に差し入れられる。

「あっ……」

くちゅっと淫らな音がしたかと思うと、長い指の一本がレオノーラの体内に入り込んだ。

「あっ……あっ……んあっ」

浅いところでもっとも敏感な箇所を責められ、指が動くたびに体がビクリビクリと反応してしまう。

堪えようとしてシーツを固く掴んだが、虚しい抵抗でしかなく脳裏が快楽に塗り潰されていく。

「あ、あ、だめ、だめ、そこっ……」

すでに蜜に濡れてしっとりし、盛り上がった花芯を掻かれ、更にきゅっと摘まれると視界に激しく火花が散った。

「あ、あ、あ、あんっ」

「いつもの君も可愛いけど、ベッドの中の君はもっと可愛いな……」

熱っぽい声ももうレオノーラには届かない。

それでも、女とは愛する男の言葉になら、聞こえなくても反応するものらしい。隘路が疼《うず》いてもっとちょうだいとでも強請るかのようにザカライアの指を締め付ける。

だが、もう指では足りない。もっと大きくて熱いザカライアの分身でなければ、この切なく疼く欲情で気がおかしくなってしまいそうだった。

レオノーラは涙を浮かべて訴えた。

「ザックぅ……早く……来て……」

ザカライアの動きがピタリと止まる。

「私、もお、限界……」

「まったく、君って人は……」

次の瞬間腰を鷲掴みにされて強い力で引き寄せられ、蜜を垂れ流すそこに熱い肉塊を押し当てられた。心の準備をする間もなくズンと突き入れられる。

「あ……あっ」

最愛の男に有無を言わさず女の部分を征服され、またゾクゾクとした感覚が背筋を這《は》い上がる。それもこんな四つん這《ば》いの、それこそ獣のような格好で。

甘い被虐の喜びに酔い痴れるレオノーラの体内から、ザックがずるりとおのれの分身を引き抜く。

「やあっ……」

そしてすぐに再びぐっと押し入れてぐりぐりと最奥を抉った。

「ひいっ……」

あまりの快感に体を支えきれずにベッドの上に頽《くずお》れそうになる。だが、ザックに強引に抱き寄せられそれすら叶わなかった。

「……まったく、これだから君のことしか愛せなくなるんだ」

ザックは愛おしげに呟き、レオノーラの体の奥に熱を放った。

第四章　公爵夫人、また噂の的になる

ザカライアと結婚するに当たって教職は辞さざるを得なかったものの、代わって理事の役職を与えられ、月に一週間聖ブリジット女学校に滞在している。

その間に校長やザカライアに任命された顧問と事業計画や月予算の把握、管理費や寄付金の管理等について話し合い、意見を取りまとめるなどしていた。

レオノーラたちだけではなく六月末の今は生徒たちも大忙しだった。半ばに行われた期末試験の結果が廊下に張り出されるからだ。

「やった！　順位二十も上がった！」

「私、下がっちゃった。次頑張らなくちゃ」

「ねえ、見て。ほら、またローズが一位よ」

生徒たちがワイワイ騒いでいるところを通り掛かり、何気なく壁に目を向けて順位を確認する。

生徒たちの言っていた通り、ローズ・ジョーンズという少女が首位に輝いていた。しかも、三教科は満点なのだから恐れ入る。

「やっぱりって感じだよね」

「ローズって先生より教えるのうまいんだよ」

「あっ、私も今度頼もう！」

もう試験結果などどうでもよくなったのだろう。生徒たちはお喋りの内容を勉強から遊びに切り替えて、週末は皆で隣町のお祭りに行こうと盛り上がりながら廊下から立ち去った。

ローズはレオノーラが教師をやっていた頃の教え子の一人だ。現在中等教育部の最終学年の十五歳。来年には学校を卒業予定である。

「……相変わらずすごいわね」

レオノーラは感嘆の溜め息を吐いた。

レオノーラは全学年、全生徒の試験結果を把握しているが、ローズは首位から陥落したことがない。こうした子どもは大体地頭がいい。更に努力するのだから鬼に金棒だった。

「あっ、レオノーラ先生！」

聞き覚えのある明るく元気な声に振り返る。小柄な少女がレオノーラに手を振っていた。

「まあ、ローズ。元気だった？」

「はい！」

ローズは栗色《くりいろ》のお下げを揺らしながら答えた。

「今度はいつまでここにいるんですか？　あっ、ごめんなさい。もう先生じゃなくて理事だったんですよね」

「あなたたちは私の教え子だもの。ずっと先生でいいわ」

「じゃあ、レオノーラ先生」

ローズは嬉しそうに笑った。

「来年の卒業後の進路はもう担任の先生と相談したの？」

「……うん」

途端表情が曇る。

「高等学校へ行きたいんだけど、うちにはそんなお金なくて……」

教会での教育は中等部の十六歳まで。高等教育となるとこの町に教育機関がないので、大都市に行かねばならない。となると、当然交通費や生活費が掛かる。

また、高校、大学双方とも教会運営の学校はなく、王侯貴族や富裕層向けの私立か、王都の王立大学しかなかった。いずれも学費は高く、平民に払える金額ではない。

そして、ローズの両親は靴屋を営んでいる。父親が職人で母親が売り子だ。ローズは五人姉弟の長女ということもあって、幼い頃から店を手伝っていた。

「まだ弟も妹もいるし、やっぱり私も売り子になろうかなって」

「そんな……」

靴屋も立派な仕事だが、ローズはまだ学びたいと望んでいる。経済や統計を学べば将来靴屋の経営にも役立つだろうに。

つい昔の自分と重なることもあり、なんとかしてやりたくなる。

だが、個人的な思い入れで一人の生徒だけに肩入れするわけにもいかない。あの子は理事に贔屓《ひいき》されていると妬《ねた》まれ、今度はローズの肩身が狭くなってしまう。

ふと、自身が大学で学ぶに至った経緯を思い出す。

「ねえ、ローズ。あなた、高校は飛び級して大学を受験してみない？　大学で特待生になれば奨学金を取れるわよ」

「えっ⁉」

「図書館で経済や統計なんかの難しい本ばかり読んでいるでしょう。今の授業も簡単すぎて物足りないんじゃない？」

「は、はい……。そうです。でも、大学は……」

「どうして？」

「私、貴族じゃないし……」

「……」

現在まだ王都の大学に限られているが、成績が優秀で試験と面接さえ通れば、女学生も入学できるようになっている。ザカライアからはレオノーラがきっかけで、女学生を受け入れるシステムが整えられたと聞いていた。

とはいえ、まだ高等教育機関には高い壁がある。規則にあるわけでもないのだが、まだ身分も財産もない平民の女学生を受け入れたことはないのだ。ほとんどが貴族、あるいは寄付金を弾んだ富裕層の子女である。

規則なら合議制で変更が可能だが、こうした長年の慣習はなかなか払拭できない。それまで慣習で優位性を保っていた層に危機感を抱かせるからだろうか。

レオノーラもかつての当事者なのでよくわかる。壁に蟻《あり》の一穴を開けるには多大な努力と我慢が求められる。だが、ローズにならできるはずだと頷いた。

「ローズ、もしあなたが覚悟できるなら、私も校長先生も全力であなたを応援するわ。いいえ、あなただけじゃない。学びたいと望んでいる子には、チャンスをあげたいの」

チャンスをものにするには、いくらローズであっても、平民という身分ゆえに多大な努力が求められるだろう。

だが、挑戦する価値は大いにあった。

「あなたが学びたいとさえ望めば、お父様とお母様も私が説得する。……ローズ、あなたはどうしたい？」

人気のない廊下にローズが息を呑む音が響く。

「私は……」

「もちろん、今すぐ決めろとは言わないわ。まだ時間はあるからゆっくり考えなさい」

レオノーラは身を翻し、理事室に向かおうとしたのだが、途中「レオノーラ先生！」と呼び止められて振り返った。

ローズが両の拳を握り締めて俯いている。

「わ、私、やります」

ぐいと顔を上げレオノーラを真っ直ぐに見つめる。

「もっともっと……勉強したいです！」

レオノーラは力強く頷き、ローズの元に戻ると、その肩に手を当て「頑張りなさい」と励ました。

「あなたならきっとできるわ」


その後はローズの両親の説得に推薦状集め、受験の準備に根回しと、校長ともどもあちらこちらを駆けずり回った。

忙しいとは感じなかった。ローズが、生徒がその手で未来を掴《つか》み取《と》るためになら、どんな協力も惜しまないつもりだった。

なお、レオノーラの母校とはいえ、大学側は当初ローズに受験の機会を与えることすら渋った。やはり前例がないからと。

だが、レオノーラは「私も前例のない女学生でした」と理事長を説得したのだ。机に手をついて怯えて椅子ごと背後に後ずさろうとする理事長に迫る。

「その結果を生かしてこうして女学生の教育に携わっております。あなた方は未来のブリタニアを背負って立つかもしれない人材を、身分の問題くらいで受け入れないつもりですか？」

「しかし、やはり前例が……」

レオノーラは「では、仕方がないですね」と溜め息を吐いた。

「なら、ローズはフロリンの大学に推薦することにします」

「……⁉」

ブリタニア王国と同盟国であり、長年のライバルでもある大陸の列強フロリン王国は、近年優秀な外国人の人材の勧誘に熱心だ。その恩恵で現在大いに発展し、学者、技術者、芸術家がこぞって集う大国に成長している。

優秀な学生の勧誘にも熱心だった。あらゆる国に先駆けて女子に高等教育の門戸が開かれ、そこには外国留学生も含まれている。もちろん、平民でも優秀でさえあれば援助を受けられる。

すでにフロリンにかなり後れを取っていると、ブリタニア人の誰もが理解しているだろう。なのに、いまだに何も変えられていない。

理事長は音を立てて椅子から立ち上がった。

「なっ……ノースウッド公爵夫人でありながらフロリンに塩を送るつもりですか⁉」

「なら、あなたは優秀な頭脳を飼い殺しにするおつもりですか。受け入れたくない、でも手放したくはない……そんな傲慢は生徒たちには通じませんよ」

「くっ……」

理事長はついに白旗を掲げた。

「……承知しました。受験は許可します。ただし、条件は貴族の学生たちと同じです。通らなければそれで二度と機会はないと思ってください」

これが精一杯の譲歩らしい。

「わかりました」

レオノーラは脳裏にローズの顔を思い浮かべた。

蟻の一穴を開けるための道具は揃えた。あとはローズの努力次第だ。

＊＊＊

こうしてローズは飛び級で大学を受験することになった。

いよいよ筆記試験当日、レオノーラはタウンハウスでそわそわしっぱなしだった。何をしていてもローズのことばかり考えてしまう。

試験が終わる頃にはどっと疲れ、居間の長椅子に腰掛け、クッションを抱き締めて顔を押し当てた。

「ああ、もう、自分のことの方が気が楽だわ……」

隣のザカライアが笑いながらレオノーラの肩に手を回す。

「きっと通っているさ。だって、話を聞いていると昔の君みたいな子じゃないか」

「私みたいな子って？」

「努力と根性は人一倍。何があってもへこたれない」

「……」

レオノーラはクッションから顔を上げた。

「そうよね。ローズなら大丈夫よね」

無事筆記試験に合格しても今度は口頭試験と面接がある。それも、一級品の頭脳を持つ教授によるものだ。

いくら頭がよくて努力家でも、大人の貴族の男性に慣れていない、ローズが緊張せずに受け答えできるか。

「ううん、信じなくちゃ駄目ね……」

ザカライアの肩に頭を預ける。

「ローズのご両親も同じ心境なのかしら」

「もっと心配だと思うな」

「……そう。子どもを持つって大変ね」

肩を抱くザカライアの手に力がこもる。なぜからしくもなく咳払いもした。

「レオノーラ、その、子どもの件についてだが……」

「あっ、そうそう。もう一つ聞いてほしいことがあるの」

レオノーラはザカライアを遮り、テーブルの上に置いていた書類を手に取った。

「前、お父様の遺産に僻地のハゲ山があるって言っていたでしょう」

「ああ、そういえば……」

「ずっと売れなくて困っていたんだけど、最近二人買いたいって人が出てきたのよ」

それも、同時期に。

ザカライアの額がピクリとする。

「誰と誰だい?」

「一人は実業家。あのハゲ山に植林してリゾート地にしたいって」

そして、もう一人はなんとオリヴァーだった。

「オリヴァーがあの山を……？」

「そう。結婚祝いに買い取ってやるよって、結構な金額を提示してきたわ。もう一年以上経っているんだから、お祝いなんてしなくていいのにね」

「……」

ザカライアは書類を受け取り目を通した。

「迷っているのよね。あの山に植林してくれるって、緑が増えるから結構いいアイデアじゃない？でも、オリヴァーの好意を断るのも悪いし」

ザカライアは黄金色の目を光らせ書類をテーブルの上に伏せた
「この件は任せてくれないか」

「ええ、構わないけど」

現在、聖ブリジット女学校だけではなく、地方の教会の女学校から顧問になってくれと引っ張りだこで、とにかく多忙な身の上なのだ。土地の売買の法律には疎いので、詳しいザカライアに任せたいと思っていたところだった。

「じゃあ、頼むわね。あっ、ごめんなさい。何か言いかけていたわよね。なんだった？」

「いいや、この件が片付いてからにしよう」

「……？」

ザカライアの眼差しがいつになく厳しいのに気づき、なぜそんな顔をするのかと首を傾げる。

二束三文の僻地のハゲ山でしかないのに――。

＊＊＊

それから約四ヶ月後、街路樹の若葉の色がもっとも濃くなる初夏の週末、レオノーラは早鐘を打つ心臓を押さえながら、タウンハウスのザカライアの執務室を彷徨《うろつ》いていた。

「レオノーラ、まだ発表まで当分時間があるんじゃないか」

ローズはいち早く合否を知るため上京している。

結果がわかり次第、電信で郵便局からメッセージ――電報を送ると約束していた。そのメッセージを最寄りの郵便局のオペレーターが受け取り、便箋に印字して配達夫が届ける手はずを整えている。

「わかっているんだけど……どうしても緊張しちゃって」

いっそ大学に押し掛け、ローズの合否を確認したいのだが、さすがにお節介すぎて躊躇われる。

ザカライアは机の上で手を組み「大丈夫さ」と微笑んだ。

「君の教え子だろう？　これから何人もの生徒を大学へ送り出すんだ。どんと構えていなければ」

「……そうよね」

レオノーラは窓の外に目を向けた。

今日は天気が良く空には雲ひとつない。夕食時が近くなっても雨の気配はまったくなかった。

なのに、郵便配達夫が電報を届けに来る気配はない。

「おかしいわ」

レオノーラは食堂で左手にナイフ、右手にフォークを握り締めながら、大好物のローストビーフを前に真っ青になった。

「こんな時間になっても連絡がないなんて、まさか、落ちたんじゃ……」

メイドが書斎にやって来たのは、レオノーラが食堂を出て行こうとした、まさにその時のことだった。鉢合わせてしまい互いに悲鳴を上げる。

「きゃっ！　も、申し訳ございません！」

「あ、いやいや、私が急いだからよ」

メイドはレオノーラに一礼すると、客人が来ていると告げた。

「ローズ・ジョーンズ様という女性の方です。女性というよりは、お子様ですね」

「……！」

レオノーラはその場で飛び上がり、小走りに食堂を出て玄関広間に急いだ。

「ローズ！」

「……先生」

どうやらわざわざ報告に来てくれたようだった。

ローズの声は小さくお下げが悲しげに揺れている。

「け、結果は⁉」

まさか、落ちたのかと思いきや、ローズはぱっと満面の笑みを浮かべ、使い古したカバンの中から封筒を取り出した。

「ほらっ！」

便箋を開いてみせる。

ブリタニア王家の紋章が押印された合格証書だった。

「きゃあっ！　ローズ、おめでとう！」

嬉しさのあまりローズを抱き締めてしまう。

「奨学金も取れたんです。だから、先生、私、秋から王都で勉強ができるわ！」

「すごいわ！　ブリタニア史始まって以来の快挙よ！」

ローズはレオノーラの胸に顔を埋めた。

「……先生、ありがとう。私、先生が励ましてくれなければ、絶対に合格できなかった」

「何を言っているの。全部あなたの実力よ」

自分が十六歳の頃、大学で講義を受講する許可が与えられた時以上に嬉しかった。

「おめでとう」

背後の階段からザカライアの声がしたので振り返る。

「ザック、ローズがやってくれたわ！」

「ああ、聞いた。おめでとう、ローズ。君はブリタニアの誇りだ」

「へへへ……」

ローズは照れ臭そうに頬を染めて笑うと、スカートの裾を摘まんで初々しいカーテシーを披露した。

「ノースウッド公爵閣下、ありがとうございます」

「まあ、ローズ。そんなに立派な挨拶までできるようになったの」

教え子の快挙は言葉でどれだけ褒めても褒め足りない。

「ねえ、ザック。ローズも一緒に夕食をとってもいいかしら？」

「ああ、もちろんだ。ローズ、今夜何か予定はあるかい？」

「いいえ。もう宿屋に帰るくらいで……」

「じゃあ、夕食をとっていきなさい。ローストビーフは好きかい？」

「……！　はい！」

その夜の食卓は三人で長テーブルを囲み、自分たちの学生時代をネタに盛り上がった。

「まさか、私たちの母校にローズが入学するなんてね」

「えっ、閣下もあの大学出身なんですか？」

「ああ。大学でレオノーラと知り合ったんだよ」

「嘘っ！　ロマンチック！」

ローズは天才的な頭脳の少女だが、年頃の娘らしくちゃんと恋愛や結婚にも興味があるらしい。

「もしかすると将来の伴侶がいるかもしれないわね」

ローズがアハハと笑って首を横に振る。

「やぁだ、先生。私平民ですよ？　貴族やお金持ちのお坊ちゃまが相手にされるわけありません」

かつてレオノーラも同じようなことを考えていたものだ。だが、紆余曲折《うよきょくせつ》の末ザカライアと恋に落ち、五年後の今夫婦となっている。

人生とは何が起こるかわからないものだと、今はしみじみ実感できていた。

ローズがウキウキとした顔でデザートのアップルパイを口に入れる。

「お父さんとお母さんもすごく喜んでくれて……。もう今から入学が楽しみなんです」

「学部はどうするの？」

「初めは経済か数学がいいと思っていたんですけど、受験中に段々変わってきて……」

「あら、そうなの。どこになるのかしら？」

また頬を染めて照れ臭そうに笑う。

「……内緒です」

だが、決まり次第真っ先にレオノーラに知らせると告げる。

「まあ、楽しみにしているわ」

その後もお喋りに勤しんだせいで、夜遅くなってしまい、結局ローズはそのまま屋敷の客間に宿泊することになった。

レオノーラが案内し、使い方を教える。

「これが呼び鈴ね。何か用事があったら鳴らすのよ。すぐにメイドが飛んできてくれるから」

「うわあ……メイドって……やっぱり貴族ってすごい……」

「じゃあ、明日の朝食は七時からね。一応、起こしに来るから」

「あっ、先生！」

ローズは部屋を出て行こうとしたレオノーラの背に声を掛けた。

「どうしたの？」

ローズは深々と頭を下げた。

「私を指導してくれて本当にありがとうございます。……先生のおかげで人生が変わりました。夢を、見られるようになりました……」

レオノーラの胸の奥も熱くなる。鼻の奥がツンとして涙が滲《にじ》みそうになった。

「ローズ、改めておめでとう。これからのあなたの未来に、たくさんの幸福があるように祈っているわ」

ローズへの祝福の言葉は十六歳の自分自身にも贈りたかった一言だった。

ローズの快挙はすぐさま翌日の新聞に掲載されることとなった。

『ナバン在住のローズ・ジョーンズさんが王立大学に合格！　平民初！　特待生として今年九月より入学予定……』

それは小さな片隅の記事に過ぎなかったが、ローズにとってだけではなく、レオノーラにとっても大きな一歩だった。

平民の女子にも可能性がある——未来を手探りで必死に探している、同年代以下の少女たちの光になるはずだ。

実際、ローズの故郷のナバンの聖ブリジット女学校にも、今までどうせ女だからと学校に通わせていなかった親たちから、何年か遅れているが入学できるかと問い合わせがあった。

レオノーラは一歩一歩自分の目標に近付いていく実感を噛《か》み締《し》めた。

社交界デビューした舞踏会で知り合った寄付金仲間の一人、ミルフォード侯爵夫人のタウンハウスにお茶に誘われたのも同じ頃のことだった。

コネを餌に半ば強引に教育財団に誘ったが、意外にも彼女の気質に合っていたらしく、現在は評議員の一人になっているのだとか。

「レオノーラ様には感謝していますのよ」

夫人は銀食器のカップを手に朗らかに笑った。

「娘を嫁がせてから何もやることがなくなってしまって、暇を持て余していたの。主人はあの通り愛人の元に入り浸りだしねえ。どうせ来週にはまた女が変わっているんだろうけど」

未来ある子どもたちのために投資し、教育を普及させるのが今や生き甲斐《がい》になっていると語る。

「ありがとうございます。シャーロット様のおかげでどれだけの子どもたちが救われているか」

「私はできていることなんてまだほんの少しよ。やっぱりあなたや閣下には敵わないわね」

「ええ、夫には財団や教育機関に多額の投資をしてもらっていて……」

「あら、それだけじゃないでしょう」

夫人は首を傾げた。

「聞いていないの？」

「……？　何をでしょうか？」

「ほら、ナバンの女の子が大学に合格したでしょう。あなたの教え子だって聞いたわ」

「え、ええ」

「あの大学には理事長の下に十五人の理事がいて、特待生の最終的な合否判定は候補生のレポートを読んで、その十五人が投票で決定するの」

十五人。つまり、八人以上が合格に投票すれば合格になる。

「ローズさんだったかしら、何せ初の平民出身でしょう。だから、意見が真っ二つに割れたみたい」

七人は合格に投票した。教育でフロリンに後れを取っている現在、早急に追い付き、追い越さねばならない。そのためには改革が必要だと。

もう七人は不合格に投票した。生徒が王侯貴族や富裕層の子女に限られているのにも理由がある。教育は教養の上に積み上げられるものであり、平民は多少頭が良かったところで礎となる思想がないと。

「最後の一人がどちらに投票するかで合否が決まる。そして、最後の最年少の理事は皆の注目の中、合格に投票したのよ」

レオノーラは思わず溜め息を吐いた。

「そうだったの……。ギリギリのところで合格したのね」

その最年少の理事に平伏して礼を言いたかった。

「その方はなんてお名前なの？」

夫人が鳩《はと》が豆鉄砲を食らったような顔になる。

「まあ、じゃあ本当に知らなかったのね。あのね、あなたのご主人のノースウッド公爵閣下よ」

今度はレオノーラがぽかんと口を開ける番だった。

「去年、理事の一人が亡くなったので、閣下が寄付をしていたこともあって、今年新理事に任命されたのよ。聞いていなかったの？」

「いいえ、もうザックったら……」

レオノーラは声が震えそうになるのを抑えるので精一杯だった。

ザカライアがなぜ黙っていたのか今ならわかる。

「借りは作りたくないし、作った以上は返す」——そんなレオノーラのポリシーを知っていたからだろう。レオノーラに借りだと思ってほしくなかったのだ。

早くザカライアに会いたいと思う。もう知ってしまったのだから、なかったことにはできない。

その日の午後タウンハウスに帰宅したレオノーラは、居間の長椅子で寛ぐザカライアの隣に腰掛けた。

「やあ、お帰りレオノーラ。ミルフォード侯爵夫人は元気だったかい？」

「ええ、ピンピンしていたわ」

そっと寄り添い広い肩に頭を乗せる。

「どうしたんだい。今日は甘えん坊だな」

「……ねえ、ザック」

レオノーラは瞼を閉じ「ありがとう」と礼を言った。

「合格に投票してくれたんでしょう？　ありがとう。あなたのおかげで、ローズの未来が開けた……」

「なんだ、もうバレたのか」

ザカライアは苦笑しつつレオノーラの肩を抱き寄せた。

「君の生徒だから合格にしたわけではない。ローズのレポートがどんなものだったか知っているかい？」

「いいえ、ローズは恥ずかしがって、時間が経ったら見せるからって……」

「そうか。ローズは随分と照れ屋だな」

ザカライアは笑って最終審査の課題と、提出されたローズのレポートの内容を教えてくれた。

「〝大学を卒業後、何を成し遂げたいか〟それが今回の課題だったんだ」

ローズはおおよそ以下のようなことを書いてきたのだとか。

『私の人生を変えたのは中等部の教師、レオノーラ・ノースウッド先生の一言でした。〝ローズ、あなたはどうしたい？〟と初めて聞いてくれた人だったんです。それまで私にそんな質問をした人はいませんでした。私も、両親も、弟妹も、皆未来は決まり切っていて、それ以外にないと思い込んでいたんです』

レオノーラはザカライアが語る間、胸が一杯になって声も出せなかった。

『だけど先生は、〝あなたならできるわ〟と言ってくれました。その一言が平民女子初の受験生となる私にとって、どれだけ大きな力になったのかわかりません。もし聖ブリジット女学校に通っていなかったら、先生が担任ではなかったら、あの期末試験の結果発表の日、先生と廊下で会わなかったら……。いくつもの奇跡が重なって私はこの場にいます』

レポートはこう締めくくられていたのだという。

『私は教育学部で学び、将来レオノーラ先生のような教師になりたいです。私たち生徒は何も知りません。いつも暗闇の中で手探りをしています。先生はそんな私の手を取って、光ある方向に導いてくれた。私もいつかそんな風に誰かの道しるべになりたい――』

すべてを聞き終えたレオノーラは「……あ」と小さく声を上げて口を押さえた。

気が付くと涙がぽろりと零れ落ちていた。

堪えようとしても堪えきれない。次々と頬に流れ落ちてくる。

ザカライアはそんなレオノーラのピンクブロンドにそっと口付けた。

「私以外に合格に投票した理事たちも、一度学生にこんなことを言われてみたいと感心していたよ。あのレポートを見て不合格にする方がおかしい」

「……っ」

「レオノーラ、おめでとう。……よく頑張った」

ローズを合格させたことへの一言ではなかった。

学生時代のあの日々は無駄ではなかった。勉強も、ザカライアと出会ったことも、愛し合ったことも、別れてからの苦しい日々も、何一つ欠けてもこの幸福はなかった。

そして、胸を満たす熱い思いを分かち合えるのはザカライアしかいなかった。

「……ザック、ありがとう。私を見捨てないでいてくれて」

「それは私の台詞だな。一緒にいてくれてありがとう」

どちらからともなく抱き合い、口付けを交わす。

今まで心の中で流してきた涙がようやく報われた瞬間だった。

＊＊＊

ローズの合格について書かれた新聞記事は小さかったものの、ミルフォード侯爵夫人がその快挙を社交界に広めまくったらしい。

その年の社交シーズン最後の王宮での舞踏会で、レオノーラは一躍時の人となってしまった。

ザカライアと大広間に足を踏み入れるが早いか、老若男女何人もの招待客に取り囲まれる。

「公爵夫人、聞きましたよ。あの平民の特待生、あなたの教え子だそうですね？」

「筆記試験はあの大学始まって以来の満点だとか。いやあ、さすが公爵夫人が直接教授されただけある」

ザカライアがふと微笑んでレオノーラに耳打ちをする。

「今日は君が主役だな」

ザカライアの言葉通りに、その日は踊る暇もないほど、あちらこちらから声を掛けられた。しかも、コネを作るためのおべっかばかりでもなく、皆教育について真剣な質問をぶつけてくる。

「公爵閣下が教育財団を設立されたとうかがいました。寄付金についてお話を伺いたいのですが……」

「私の夫の領地にも教会運営の平民向け学校があり、成績優秀な生徒が何人かいます。どうすれば大学入学までの道のりを整えてあげられますか？」

想像していた以上に教育に危機感を持ち、どうにかしたいと考えている貴族は多いのだと実感した。

一度火が点けばあとは早い。

レオノーラは一人一人の質問に丁寧に答え、すべてが終わる頃には舞踏会はもう終了三十分前となっていた。

やれやれとメイドからワインを受け取り、壁に背をつけて一休みする。

一口飲んだところで、「レオノーラ」と名を呼ばれ顔を上げる。

「あら、クラーラ、あなたも来ていたの？」

クラーラは二十四歳となっても、相変わらず透明感がある少女のような美しさを湛《たた》えていた。結い上げた黒髪とブルーグレーの瞳に、淡青色の上品なドレスがよく似合っている。

「ええ。財務大臣から招待状が来たの。といっても、夫になんだけど。ほら、あそこ」

国王と財務大臣とザカライア、レオノーラの夫が経済について語り合っている。

「うーん、さすがにあの中には入りづらいわね。四人とも目立ちまくっているわ」

「……もういいじゃない。今日はあなたが主役だったんだから。皆あなたに注目していたわ」

ザカライアにも先ほどそう言われたなと苦笑する。

「主役は教え子のローズのはずなんだけどね。私に対しては過大評価よ。ちょっと手伝っただけだもの」

「それでも、あなたが成し遂げたことだわ……」

クラーラは通りすがりのメイドからワインを受け取った。

「クラーラ、お酒は弱かったんじゃない？　大丈夫？」

「……今夜は少し飲みたい気分なの」

赤ワインをぐいと呷《あお》る。

「理事の仕事のことたくさん聞かれたんでしょう」

「それもあるけど、最後は人生相談まで受ける羽目になっていたわ。元教師だから？」

我が子の教育から子育ての悩みに始まり、気が付くと空の巣症候群をどう乗り越えるかだの、夫との不仲を娘に知られ、離婚しろとせっつかれているだの。

そこまでの人生経験はないので困ったが、真剣に助言を求められると、うんうん考えて答えざるを得なかった。

「……無理しなくてもいいのに」

「そういうわけにもいかないわよ」

ローズの受験突破に協力したことで、今更だがわかったことがある。みずから多くの大人たちに支えられてここにいるのだと。

「私が大学で受講できたのも、きっとお世話になった親戚の小父様《おじさま》だけじゃなくて、色んな先生や王妃様が私のために力を尽くしてくれたから。……大学の役員の説得、今以上に大変だったと思う」

自分だけの成果ではなかったのだと今ならわかる。むしろ、自分を信じてくれた大人たちの努力の方がずっと大きかっただろう。

「だから、今度は私が誰かのために頑張りたいって、そう思えるようになったのよ。ちょっとくらいの苦労は買ってでも引き受けなきゃね」

人は一人では生きていけないと、理解できた分だけ大人になれたということなのだろう。

黙って話を聞いていたクラーラがぽつりと呟く。

「……レオノーラ、やっぱりあなたは素晴らしい人よ。羨ましいわ」

「えっ、クラーラが？」

「……ええ」

レオノーラからすればクラーラの方が多くを持っているように見える。だから、何が羨ましいのかさっぱりわからなかった。

なお、それから数週間後、レオノーラは今度は尊敬ではなく、クラーラと同じ羨望の視線を全貴族から向けられることになる。

なんとあの煮ても焼いても食えないと思われた、僻地のハゲ山から金鉱床が発見されたのだ。

執務室でザカライアからその話を聞かされた時、レオノーラは冗談は止めてよと笑い飛ばした。

「そんな話は聞いたこともなかったわ。お父様だって遺言書にも書いてなかったのよ」

「レオノーラ、落ち着いてこの報告書を読んでほしい」

ザカライアは机の上に何枚かの書類を置いた。

「私だけでは確証が持てなかったので、今回兄上にも二次調査を頼んだんだ」

ブリタニア王国では金が採掘されなかったわけではないが、その産出量は少なく、古代に掘り尽くしたとされている。だから、ザカライアも半信半疑だったと。

「兄上は専門家にチームを組ませて調査に当たった。結果、間違いなく金鉱床だった」

「……」

さすがにこれ以上疑えもせず、その場に立ち尽くすしかない。

「ええっと、ハゲ山は全部でいくつあったかしら……」

「あの辺り一帯だから結構な採掘量になるだろうね」

頭がクラクラした。

「……ということは、私ってもしかしなくても億万長者?」

「そういうことになるな」

ザカライア曰く、国王はそのハゲ山――金山の共同開発を望んでいるのだとか。

「いくら金鉱床があると言っても、採掘には経費がかかるからね」

経費は王家とノースウッド家が出す。代わりにレオノーラを筆頭に三者で金山の開発権を共同所有し、利益は三分割してはどうかと。現実的な落とし所だった。

「まあ、私は経費が出せるようなお金なんてないしね。それでいいわ」

亡き父はあのハゲ山が金山だと知っていたのだろうか。今となっては神のみぞ知るといったところだ。

こうして思い掛けなく転がり込んできた大金だが、レオノーラの使い道はもう決まっていた。

「ザック、私ね。そのお金で学校を作ろうと思うの」

「学校を？」

「ええ。ずっと考えていたんだけど、無理だって諦めていたの。でも、それだけのお金があるなら叶えられるわ」

性別身分を問わずに誰もが入学でき、思う存分学べる学校——それを各地に設立したいのだと。

「性別を問わない？」

「ええ、そうよ。男女共学の学校よ」

現状では優秀な女学生が男子学生に交ぜてもらっている状態で、共学とは言いがたい。その垣根を取り払いたいのだと。

「それは……随分と思い切ったことをするね」

「そうね。でも、多分今なら世間も〝まあ、あの公爵夫人のすることだから……〟って納得してくれると思うわ」

こうなると昔の悪評が現在は好評に転じているものの、ずっと変人だとの噂は変わらなかったのがよかったと思う。

ザカライアはくすりと笑って「そうだな」と賛同してくれた。

「結局、誰かのために使おうとするところが君らしいね」

「あら、自分のためよ。ローズと同じ笑顔をもっとたくさん見たいから。将来生まれる私たちの子どもも、できればそこに入れられればって思っているんだけど……」

ザカライアの黄金色の双眸が大きく見開かれる。

「……駄目？　その、もちろんあなたがいいと言ってくれたらの話だし、子どもの意志も尊重するつもりよ」

ザカライアはゆっくり椅子から立ち上がると、レオノーラの前に立ちするりと腰に両手を回した。

「君が子どもを考えているなんて思わなかった」

日々理事としての仕事や公爵夫人としての務めに忙しく、夫婦で話題にも上がらなかったからだと。

「ご、ごめんなさい。ちゃんと言わなきゃいけなかったわね」

レオノーラはザカライアの胸に顔を埋めた。

「……私、もう両親はいないし、兄妹は初めからいないし、本当に独りぼっちだったの」

ザカライアと結婚した今はザカライアが夫となってくれたが、レオノーラは昔幸福だった頃の家族を再現したかったのだ。

「あなたと、私と、子どもたちと……。一人でもいいし、十人いたっていいわ。あなたにそっくりな子だと嬉しい」

「私は君に似たピンクブロンドで、エメラルドグリーンの目の子がいい」

目を合わせてくすくすと笑う。

「じゃあ、今から頑張ろうか？」

「ええ、そうね」

愛し合うのに昼も夜も関係ない。

こうして二人は真っ昼間から寝室に雪崩れ込んだのだった。


もちろん、この金鉱床発見のニュースは新聞記事に掲載され、社交界は今度はこの話題で持ち切りとなった。

レオノーラは今度は投資家から屋敷での晩餐会、お茶会に頻繁に誘われるようになり、それをきっかけに学校設立計画の話も広まって、たちまち以前以上に大忙しになった。

「こうなると招待状も選別しなくちゃね……」

仲のいいメイドと唸りつつ招待状を自室の机の上に広げる。

「金山目当ての人は意外に少ないですねえ。どちらかと言えば学校設立の話を聞きたいって感じですね」

「あの金山は王家も関わっているから、あまり陛下に睨まれたくないんでしょうね。いい虫除《むしよ》けだわって……あら」

招待状ではなくごく普通の電報を一通発見し、差出人名を確認して目を瞬かせる。

「オリヴァーだわ」

レオノーラはオリヴァーに悪いことをしたと感じていた。せっかくあのハゲ山を破格の値段で買ってくれると申し出てくれたのに、思い掛けず金山だったために話がなくなってしまったのだから。

また、オリヴァーは一攫千金《いっかくせんきん》の機会を逃したということでもある。

「うーん、一度会って謝らなくちゃね」

レオノーラはメイドから鉛筆を受け取ると、電信で送信してもらう内容をスラスラとメモに書き付けた。

「これ、郵便局に持って行ってくれる?」

「はい、かしこまりました」

オリヴァーから電報の返信があったのは、その日の夜のことだった。

『社交シーズンが終わる前に、久々に王都の下町で会わないか?』

なかなか断りがたい誘いだった。


ノースウッド公爵夫人となった現在、下町や屋台に繰り出すのは、立場的には少々難しくなっている。

だから、平民向けのドレスと髪型にし、下町にいそうな若女将を装った。

またこれがしっくり似合う。店の前までついてきてくれた侍女にも、「どこからどう見ても平民です！」と太鼓判を押された。

「それでは奥様、八時になったら迎えに来ますね」

「ええ、ザックによろしく」

もっとも客入りの多い大衆向けの居酒屋に入り、店内をキョロキョロ見回す。オリヴァーはカウンター席に腰を下ろしていた。

「オリヴァー、久しぶり、舞踏会以来かしら？」

「だな。っていうか見事に化けたな。綺麗に公爵夫人オーラが消えている。ほら、座れよ」

レオノーラは促されるままに隣の席に腰掛けた。

「公爵夫人オーラ？　何それ」

「あんた、没落はしただろうけど、結局はいいところのお嬢様だろ。やっぱり品があるし、ザックの隣に並んでいると、それっぽい雰囲気があるんだよ」

ビールのジョッキを呷りつつ苦笑する。

「まったく、どっちが本当のあんたなんだろうな」

レオノーラは心外だと腰に手を当てた。

「どちらも私よ。どちらが欠けても私じゃないし」

カウンター席に腰を下ろしてビールを注文する。

「さっきの連れの女は？」

「ああ、あれはザックにつけてもらった侍女よ。ここに迎えに来てもらうことになっているの」

「……ってことは、今日俺に会うってザックも知っているわけ？」

「ええ、もちろん。だって、いくら友だちでも異性と二人きりになるんだもの。ザックを心配させたくないでしょう。だからごめんね。昔みたいに二次会まで行けないわ」

お互い一人で外出する際には、いつ、どこに出掛け、誰と会うのか必ず教え合っている。

「ったく、面倒なことになったな……」

オリヴァーは舌打ちして顔を顰めた。

「面倒って何よ」

「今からする話はザックに知られたくはないんだ。だから、絶対にあいつに言わないでほしい」

「えっ、一体何があったのよ。賭け事でまたお金飛んじゃった？　ザックが心配していたわよ。いい加減勝てるはずのない勝負なんて止めたらどう？」

だが、その前に嫌な話は早く終わらせるに限る。レオノーラは先手必勝とばかりに謝った。

「オリヴァー、ごめんなさい！　あの山売れなくなってしまって」

「……ああ。それはもういいんだよ。あんなことになったんだし」

その一言にほっとする。

「じゃあ、どうして今日私を呼び出したの？」

「……」

オリヴァーは気まずそうに視線を逸らし、カウンターの向こうで働く店主に声を掛けた。

「おーい、チーズとハムの盛り合わせをくれ。二人分」

「はいよ」

数分も経たずに料理がオリヴァーの前に置かれる。

オリヴァーはその皿をレオノーラの前に押し出すと、「迷ったんだけど、やっぱり言っておいた方がいいと思って」と話を切り出した。

「その金山だけど、地元民の間では結構前から金が採れるって噂だったらしい」

「えっ……」

時折砂に混じった金の粒を川辺で見つけられたのだとか、

「その噂を聞き付けたのか、専門家らしき連中が随分前から周りを彷徨《うろつ》いていたみたいだ。もう十年位前から」

初耳だった。

「でも、あの山は父のものだったのよ」

調査をするなら金山を受け継いだレオノーラに許可を取る必要があるのに。

「だよな。だから、今回王家とノースウッド家と利益を三分割するって聞いて、ちょっと引っかかったんだ」

その調査隊とは王家、あるいはノースウッド家の手先だったのではないか——オリヴァーの推理は以下のようなものだった。

「俺はザックはいい奴だと思うよ。だけど、あんたとの結婚はちょっとおかしかった」

「何、金目当てに私に近付いたんじゃないかって言いたいの？」

「なんの前触れもなく四年ぶりに会うなりプロポーズされたんだろう？　学生時代、出会ってすぐ近付いてこようしたのも不自然じゃないか」

レオノーラは冗談だろうと笑い飛ばそうとしたのだが、オリヴァーは答えの代わりに気まずそうにチーズを口に放り込んだ。

「契約書はもう交わしたのか？」

「……」

今度国王とザカライアと王宮で最終打ち合わせをし、その際締結することになっているのでまだだ。

「ちょっと考え直した方がいいかもしれないぞ。……今さ、ブリタニアって財政難だって知っているだろう」

確かにそんなニュースはちょくちょく出ている。

「国王からすれば三分の一でも是非とも国庫に入れたかっただろうな。多分ノースウッド家……ザックの取り分も寄付って形で収めるんじゃないか。そうすれば三分の二が国王の手に渡る」

「もう、ザックはそんな壮大な計画ができる人じゃないわよ。全部偶然よ」

「……そうかな。俺、正直ずっと不思議だったんだ」

オリヴァーはまたビールを呷り、店主に追加を注文した。

「確かにレオノーラはいい女だよ。でも、ずっと女に興味がなくて、むしろ潔癖だったザックが、いきなりあんたにはベタベタしていて、ちょっと変だとは思っていたんだ」

だが、初めから国王に命じられ、レオノーラを落とせと命じられていたのなら納得できると。

「あいつ、王侯貴族には冷淡だけど、腹違いの兄貴……国王だけは気を遣っている。国王に王子が産まれるまであいつの方が出来がいい、次期国王はって宮廷や貴族院でもよく言われていたから、自分に王位を奪う気はないって示すためだろうな」

「そんなことないわ。陛下主催の舞踏会だって断ろうとしていたくらいよ」

「それはレオノーラの前での演技なんじゃないか。結局、なんだかんだで来ていたじゃないか」

「……ザックは結婚してからすごく優しいわ」

是が非でもオリヴァーの推理に賛同するわけにはいかなかった。

「そんな汚い真似をするはずがないじゃない」

そう反論しながら学生時代まだ恋人だった頃、ザカライアに婚約者がいなかったのを不思議に感じたことを思い出す。

王弟ともあろう男性がなぜと首を傾げていたが、ザカライアは国王を気遣ってあえて縁談を断っていたのかもしれない。結婚後もしザカライアに先に子ができてしまえば、次期国王をザカライアにと推す声はますます大きくなってしまう。

そう考えると自分が没落貴族の令嬢であったことも、ザカライアにとっては都合がよかったのかもしれないと考えてしまう。

国王の結婚相手は他国の王女、国内なら伯爵以上の家系の令嬢が望ましいとされているが、こちらの実家のハート家は子爵でしかない。しかも没落していて後ろ盾となる親族もいないのだから。

こんな女と結婚しようものなら、王家の慣習からして王位継承権を放棄したと取られる。国王に忠誠心を示すいい機会になるということだ。

黙り込んでしまったレオノーラに何を思ったのか、オリヴァーは溜め息を吐いてこう続けた。

「……女を騙す男に惚れた女は皆そう言うよ。俺のおふくろもそうやって親父《おやじ》に騙された」

オリヴァーの言葉は重く否定できない説得力があった。

「まあ、あんたがそれでもいいなら俺が何言っても仕方ないんだけどな」

チーズをハムで包んで口に放り込む。

「一応、忠告しておこうと思っただけだ。でも、もしザックと別れたくなったんだったら、いつでも相談に乗るから」

レオノーラはビールのジョッキの取っ手を握り締めた。

ザカライアが裏切るような真似をするはずがない。そう信じたいのにぐらぐら揺れる自分が情けなかった。


今から六年前、レオノーラは心に深い傷を負った。

ザカライアがチェスの罰ゲームでレオノーラを落とし、処女を奪おうと計画していたと知ったからだ。

だが、ザカライアは再会した際「罰ゲームの話は本当だが、わざと負けて自分が引き受けた。友人たちにレオノーラを弄ばせたくなかったからだ」と訴えた。

レオノーラは初めはその言い訳を疑っていたが、ザカライアの変わらぬ誠実な態度に心打たれ、結局過去については問わないことにした。

もし、今までの誠実な態度すら計算内だったのだとすれば――。

――その夜、ザカライアは珍しく仕事が早く終わったからと、珍しく夜九時前に就寝し、レオノーラの隣で寝息を立てていた。

ザカライアは領地運営だけではなく、いくつもの事業を手がけているので、休日以外は山積みになった書類と格闘していたり、出張したりと大忙しである。

今夜は特に疲れが溜《た》まっているのだろう。頬を突いても一向に起きそうになかった。

肘をついてその端整な美貌を見下ろす。

もう何度この寝顔を見たことだろう。そのたびに飽きもせず愛おしくなっていた。

オリヴァーから自分との出会いは仕組まれたもので、結婚も金山目当てではないかと指摘されても、胸に湧き上がる感情は愛しかない。

「……私って結局世界一しつこくて、どの女もよりも女々しい女よねえ」

苦笑しつつザカライアの頬にキスを落とす。

結局どれだけ裏切られ、傷付けられたところで、十代の頃からザカライアだけを愛しているのだ。

恋に狂った愚か者でもいいではないかと頷く。

「あなたが望むなら金山くらいいくらでもプレゼントするわ」

今更何も惜しむものはなかった。

「もともとお父様から受け継いだってだけだったもの。お金くらい、また自分の手で稼げばいいだけだわ」

瞼を閉じザカライアの隣に寄り添う。

心配してくれたオリヴァーには悪いが、今度会った時には契約を止めるつもりも、別れるつもりもないと伝えなければと頷く。

「ねえ、ザック、私、あなたが世界で一番好きよ。どんなことがあっても愛しているわ」

眠り続けるザカライアの耳元にそう囁く。ザカライアからの返事はなかったが、それでも多幸感に満たされて眠りに落ちた。

＊＊＊

レオノーラは一度心を決めると頑としてその意志を曲げない。

それから四ヶ月後、冬の訪れとともに再び社交シーズンが始まり、また頻繁に行事に招待されるようになっても、相変わらずザカライアに寄り添っていた。

この頃になるとノースウッド公爵夫妻のおしどり夫婦っぷりは、社交界ですっかり有名になっていた。それどころか、ブリタニアの若い女性の憧れの夫婦像にもなっている、

ザカライアの事業も共学校設立の準備も順調だった。開校は数年後になるだろうが、ブリタニアの教育を変える大きな一歩になるには違いない、注目の的になっているので、投資金も続々と集まっており、金山の利益ももう必要なくなっていたほどだ。

そうした中で開催された王都の王宮での晩餐会では、食事がてら祝いの言葉や様々な質問を投げかけられた。

「結婚二年目を過ぎたそうですね？　お祝いは届いたでしょうか？」

「ええ、素敵なティーセットをありがとうございます。早速夫と一緒にお茶の時間に使っていますわ」

今夜の晩餐会は王宮の大食堂を貸し切り、国内の王侯貴族、及び実業家二百人を招いた大規模なものだ。コネを作るチャンスでもあるので、皆社交にも一際力が入っていた。

「それにしても」と、レオノーラの隣に腰掛けた、老紳士が溜め息を吐く。

「時代が変わりましたな。私の若い頃にはたとえ金があろうと、平民と食事の席をともにするなど有り得ませんでした」

今日招待された実業家たちはクラーラの夫を初めとして、皆世界を股に掛けて事業を展開しており、ブリタニア経済に大きな恩恵をもたらしている。もう身分が平民だからと無視できなくなっていたの

だ。

「女も大学に入学できるようにもなったし、これはいいことなのか、悪いことなのか……。私のような年寄りは判断がつきません」

レオノーラは老紳士の言葉を受けて微笑んだ。

「新しい時代を担う若者たちが決めてくれることでしょう」

その中にはローズも含まれている。

「そんなに悪い未来にはならないことは私が保証しますわ」

レオノーラは今は未来は明るいと信じることができる。その未来にはザカライアも含まれていた。

「さあ、もっと飲んでください。こちらのウイスキーなんて絶品ですよ」

「おおっと、何、飲酒では若い者に負けませんぞ」

晩餐会では質のいいワイン、ブランデー、ウイスキーが振る舞われ、美食家の招待客たちを楽しませた。これらのアルコール類は今日招待された実業家が用意したものだ。あまりの美味さに瓶どころか樽《たる》がすぐ空きそうな勢いだった。

レオノーラも付き合いで呷《あお》るうちに、次第に体が火照ってきている。

「ねえ、ザック。私、ちょっと夜風に当たってくるわ。すぐに戻ってくるから」

「一緒に行こうか？」

「ありがとう、一人で大丈夫よ」

ショールを羽織りつつ食堂を出て、人気のない玄関広間に向かう。あちらこちらに彫刻や輸入物の花瓶が置かれているので、ちょっとした美術館のように見えた。また、大理石でできているのでほどよくひんやりしている。

レオノーラはここならちょうどいいと、階段下に設置されたライオンの彫刻に寄りかかって溜め息を吐いた。

アルコールの火照りが落ち着いていく。涼しさが次第に寒さに変わり、そろそろ戻ろうと身を起こす。そこで不意に声を掛けられたので顔を上げた。

「相変わらずザルだな。一体何本のウイスキーを空にした？」

オリヴァーだった。褐色の髪に濃紺の正装がよく似合っている。

コツコツと足音を立てて降りてくる。

「あなたも楽しんでいたみたいね」

「……そう見えたか？」

オリヴァーはレオノーラから数メートル先の階段上で足を止め、手すりに手を置き「まだザックと続いているんだな」と呟いた。

「なぜだ？」

「なぜって……なぜも何もないわ。簡単なことよ。私、ザックを愛しているのよ。だから、離れられない」

「あんたとの結婚が金目当てでもか？」

この一言には苦笑するしかなかった。

「金目当てねえ。金目当ての結婚だろうって、どちらかと言えば私の方が言われそうじゃない？　あの人は元王族で公爵で、私は没落貴族よ？」

それにと聖書の一風景を描いた天井画を見上げる。

「別に私のお金目当ての結婚でもいいのよ。そういう夫婦だっていくらでもいるんだし。お互い納得済みなら構わないじゃない」

「……あんたらしくないな。報われなくても構わないのか？」

「そう？　私って昔からこうよ？　未練がましくて女々しいの。いつまで経っても昔の男を忘れられない女なのよ」

彫刻から体を起こしてオリヴァーを見上げる。

「それに、私の気持ちはもう報われている。ザックはただそばにいてくれるだけでいいの」

オリヴァーの褐色の瞳が見開かれる。

「オリヴァー、心配してくれてありがとう。でもね、私はザックと別れるつもりはない。あの人を愛しているから……理由はそれだけで十分よ」

オリヴァーは唇を噛み締めてレオノーラを見下ろしていたが、やがて、「俺があんたを好きだって言ってもか？」と尋ねた。

この一言にはさすがのレオノーラも驚きに目を瞬かせる。今までオリヴァーにそんな気配はなかったからだ。

「俺なら何もないあんたを愛せる。俺たちは誰よりも理解し合えるって、あんただってわかっているんじゃないか」

だが、すぐに「ごめんなさい」と告白を断った。

「私、ザック以外好きになれそうにないの」

オリヴァーはいい友人だとしか思っていなかったし、てっきりオリヴァーもそう捉えているものだと思い込んでいた。

なぜなら、今までそんな素振りは一度もなかったし、それ以上にオリヴァーとは性格や傾向が似すぎていたからだ。

「あなたとはいい友だちでいたかったわ」

「……男と女に友情なんてねえよ」

オリヴァーは吐き捨てるように唸った。

「ザックとあんただって結局くっついただろう。なぜ俺じゃ駄目だったんだ」

「……そうね」

オリヴァーが納得できるとは思えなかったが、それでも説明すべきだろうと感じて口を開く。

「ザックと私は全然違っていて、理解し合えなかったからこそよ」

生まれも育ちもまったく違う。語り合うとその違いを実感せざるを得ず、居心地も悪くなり逃げ出したくなる。

「でもね、ザックは私を知ろうとしてくれたの」

動機がなんであれ気難しい自分を理解しようとしてくれた。

「きっとそれだけで私は孤独じゃなかった……」

オリヴァーとではよく似ているだけに、互いに同情し、傷のなめ合いしかできず、それ以上の未来が見えない。

「オリヴァー、あなたにはそんな人はいなかったの?」

オリヴァーはぐっと拳を握り締めた。

「……いるわけがないだろう」

「気付いていないだけかもしれないわ。……私はその人にはなれない」

もう一度「ごめんなさい」と謝る。

「私はザックしか選べない。ザックがそうじゃなくても、私が納得できていればそれでいいの」

自分とよく似ているオリヴァーなら、これで納得できるはずだった。

レオノーラは階段をゆっくりと上っていく。オリヴァーとのすれ違い間際、「さようなら」と聞こえるか、聞こえないかの声で囁いた。

「あなたがそんな風に思っているのなら、もう二度と会えないわ」

コツコツとハイヒールの靴音が玄関広間に響く。

その後再び大食堂に戻るまで、オリヴァーから引き止められることはなかった。

第五章　公爵夫人、危機一髪！

十二月が瞬く間に終わると、間もなく新年がやって来た。

なお、学校は小中高大学を問わず、一月半ばまでは休暇である。この間に学校役員や教師たちは次学期の準備をせねばならないので大忙し。

理事のレオノーラも例外ではなかった。

聖ブリジット女学校のあるナバンと王都を往復し、顧問となっている他の女学校に立ち寄り、教育財団の会議に出席しと大忙しだった。

「ああ、疲れた……」

久々の休暇の夕方、レオノーラは長椅子に腰を下ろし、隣のザカライアに寄りかかった。

「最近の君は働き過ぎだ。いくら体力があっても限界がある。まとめて休みを取った方がいいんじゃないか？」

「うん、でも、やることが多くて……」

できるものなら三体に分身したいほどだった。

ザカライアが苦笑しつつレオノーラの肩を抱き寄せる。

「レオノーラ、君を心配する私を少しでも愛してくれているなら、頼むから少し休んでくれないか」

「……」

こう言われるとレオノーラは弱い。結局、ザカライアに説得され、それから一週間は休暇を取ることになった。

しかし、この休暇が退屈で堪らない。以前は教師として、現在は理事として走り回っていただけに、何もしない一日が考えられなくなっていたのだ。

三日目になるとついに耐え切れずにザカライアに訴えた。

「ねえ、ザック。外に出たいの。働きはしないから」

せめて街中を散歩したいのだと訴えると、「それくらいなら……」としぶしぶ許可してくれた。

「ただし、必ず侍女か従者を付けること、いいね？」

「……ありがとう！」

早速準備を整え侍女とともに外に出る。馬車に乗り込みひとまず繁華街を目指す。

「奥様、どちらに行くつもりですか？」

「う〜ん、そこまで考えてなかったのよねえ。あっ」

久々に母校の大学に行ってみようかと思い付く。

「帰りにローズの下宿先にも寄りましょう。大家さんの分も何かお土産を買わないとね」

「なら、ちょっといいお惣菜《そうざい》やお菓子はいかがでしょう。お買い物なんて久しぶりですねえ」

街中は週末ではあるものの、寒いからか大通りにも人が少ない。皆帽子や外套に身を包み、腰を屈めて歩いていた。

母校の大学も同じで、生徒がおらず閑散としている。更に厳冬の冷たい空気に晒《さら》されると、百年前当時の建築技術、デザインの粋を結集して建築された、壮麗なキャンパスが巨大な古代の霊廟《れいびょう》に見えた。

「奥様はこの大学を卒業されたんですよね。……やっぱりすごいです」

「ありがとう。あの頃はただ必死だったなあ……」

全力で勉強に、恋に、友情に打ち込んでいた気がする。

「不思議ね。あの頃はすごく苦しかったはずなのに、いい思い出しか浮かんでこないの」

図書館でひたすら勉強に励んだ試験前や、クラーラやセリアと何気ないお喋りを楽しんだことや、卒業式でザカライアを引っ叩いたことすら、今は記憶の中でキラキラ輝いている。

「それは奥様がもう大人になられたからですよ」

侍女の何気ない一言にはっとする。

そうか。ようやく自分のためにしか生きられなかった少女時代を終わらせ、誰かのために力を尽くす大人になったのだと実感できた。

「中には入れないかしら？」

「ちょっと聞いてきますね」

侍女が馬車から降りて校門前に佇《たたず》む守衛に声を掛ける。間もなく、「奥様！」と声を上げ、頭の上に両手で丸を作った。

「身分証明書があるなら入ってもいいそうです！」

「まあ、本当？」

レオノーラは馬車を校門前に停《と》めると、侍女とともにキャンパスに足を踏み入れた。

「ねえ、見て見て、このベンチ、昔ザックと一緒に座ったの。ほら、足に傷があるでしょう。これが目印だったのよ」

ザカライアと出会った校庭のアーモンドの木も健在だった。

「春が来たら綺麗な花が咲くのよ」

「へえー、私、アーモンドの木って初めて見ました」

学生時代に戻った気分だった。

侍女と笑い合いながらキャンパスを散策する。

「図書館でもしょっちゅうデートしていたわね。ううん、勉強ばかりだったからデートとは言えないか……。あなたは婚約者の方とどんなところへ行くの？」

「私も彼も博物館や美術館が好きなので、しょっちゅう行きますね」

以前は貴族や富裕層しか入れなかったそうした施設も、この数年で一般人にも手が届く施設になりつつある。世の中が前進している実感がレオノーラを元気にしてくれた。

続いて学生時代通っていた講義室に向かう。

「誰もいませんねえ……」

中はがらんとしている。黒板には生徒の何人かが書いたのだろう。「よい休暇を！」とのメッセージと親指を立てた絵が描かれていた。

ようやくあちらこちらを回って気が済んだので、隣の侍女に「そろそろ街に戻りましょうか」と告げる。

「あなたにも何か買ってあげる」

「わ！　ありがとうございます！　アーモンド入りのクッキーとチョコがいいな。さっきアーモンドの木を見たら食べたくなっちゃいました」

「いいわねえ。ローズへのお土産も同じものにしようかしら。あっ、その前にもうちょっといいかしら？　事務長室に挨拶をして帰りたいの」

「確か東棟の一階でしたっけ？」

「ええ、ちょっと歩くんだけど」

途中、廊下で職員と思しき何人かとすれ違う。その中に一人、見覚えのある青年がいた。

「あら？」

「えっ……」

互いに目を見開いて立ち止まる。

レオノーラを目にするなり、青年の顔色がみるみる青くなった。

「のっ……ノースウッド公爵夫人っ……」

「まあ、お久しぶりねえ。ジョンさんだったかしら？　ネイサンさんだったかしら？」

学生時代見下してさんざん嫌がらせをしておきながら、社交界デビューとなった舞踏会ではレオノーラを見分けられず、それどころか見惚れていたあのお馬鹿さんである。

青年は勢いよく音を立てて後ずさった。

「な、な、な、なぜこんなところに？」

「学生時代が懐かしくなっちゃって見学に来たんです。それはもう、よ～く昔を思い出せましたわ♪で、あなたは？」

「ぼ、ぼ、僕は弟が再来年この大学に入学希望で……。父が一昨年亡くなったので、代わりに来たんです」

「ああ、なるほど。受験情報を確認に来たのね」

この青年にも家族愛はあるらしい。

「その……公爵夫人は受験情報をよくご存知なのでは？」

「もちろん。教育は私の専門分野ですから」

それどころか、この大学の教育学部の試験問題の作成に関わっている。

青年は迷ったように視線を泳がせていたが、やがて意を決したようにその場で深々と頭を下げた。

「試験問題の内容を教えてほしいとは申しません。ただ、受験全体の傾向と対策を教えていただけないでしょうか」

それくらいなら規則違反ではないので問題ない。

「ええ、いいわよ」

レオノーラがあっさり承諾したので、青年は自分から申し込んだはずなのに、信じられないといったように目を瞬かせた。

「よ、よろしいのでしょうか？　僕の弟なのに？」

この質問にはレオノーラも苦笑した。

「だって、あなたと弟さんは違う人間だもの。まあ、あなた自身が受験するんだったら、死んでも断っていただろうけど」

未来ある若者の将来のために、と頼まれれば、レオノーラも鬼ではない。喜んで協力するつもりだった。

「……結局、それがあなたと僕の違いだったんですね。道理で何をやっても敵わないはずだ……」

青年は大きな溜め息を吐いた。

「公爵夫人、大学在学時は大変申し訳ございませんでした。愚かな考えであなたに嫌がらせをしてしまいました。時間を戻せるものならあの頃に戻って、当時の自分を殴り付けたいくらいだ」

まさか、この場で謝罪されるとは思わなかったので、レオノーラはさすがに目を見開いた。

空気を読んだ侍女が「私、ちょっとトイレに行ってきますね」と席を外してくれる。

青年はなおも頭を下げ続けた。

「あれから僕も父が亡くなりまして……家を継いだものの思い通りにならないことが多く、この通り弟の受験一つまともに手伝ってやれません。……今まで威張れていたのは父に守られていたからで、何一つ自分の力ではなかったのだと実感させられました」

あの小憎らしい男子学生がとレオノーラは感心した。

「あなたも大人になったのねえ」

「……僕、あなたより年上なんですけどね」

青年は苦笑しつつ「もう一つ謝りたいことがあります」と顔を上げた。

「チェスの罰ゲームの件をご存知ですか」

心臓が軽くだがドキリと鳴った。

「なんの話かしら？」

あえて知らない振りを装う。

「ご存じなかったのですか……。では、お話しします。夫人をずっと蚊帳の外に置いていい話ではないので」

青年はこれを機会にすべてを白状し、懺悔《ざんげ》する気になったらしい。ザカライアと別れるきっかけとなった、罰ゲームの件の真相を語り始めた。

「実に下劣な話ですが、当時あなたは僕たちの間で女のくせに生意気だということで、罰ゲームの対象になっていたんです」

ゲームの内容は以下のようなものだった。

まず、男子学生十六人を集めてチェスの大会を開催する。その中で最下位がレオノーラを落とす罰ゲームを課せられる。

「僕を含めて参加者は初め五人いました。ですが、誰から話を聞いたのか、開催直前になってノースウッド公爵閣下が自分もと申し出てきたんです」

「ちょっと待って。そのチェス大会っていつ開催されたの？」

「七年前の冬でしょうか」

ということは、もうザカライアと付き合っていた頃だ。

青年は話を続けた。

「実は僕もだったんですが……参加者は全員表向きあなたを嫌ってはいたんですが、その……女性としては好ましく思っておりまして」

レオノーラへの嫌がらせもやっかみ三割、関心を向けてほしいのが七割だったのだとか。

「ずっと互いに牽制《けんせい》し合っている状態で……でも、お互い親同士の付き合いもある貴族である以上、出し抜くことも難しかったんです」

この理由には呆れてしまった。

「……子どもですか？」

気になる女に嫌がらせをするなど、どれほど幼稚な中身をしていたのか。

「世界一嬉しくないモテ期ですね。まったく、どれだけ迷惑を被ったことか。当時の教科書代だけは弁償してくださいね。のちほど請求書を送りますので」

次から次へと浴びせかけられる容赦ない台詞に青年はひたすら小さくなっている。

「も、申し訳ございません……」

「で、ジョンソンさんでしたっけ。その後どうなったんです？」

「ジョナサンです……」

もう言い訳する気力もないのだろう。ジョナサンは俯きつつ話を続けた。

「夫人を口説くための口実がほしくて、全員が罰ゲームを勝ち……負け取るために、最下位になろうとする、なんとも奇妙な試合になったんです」

逆に勝つよりも難しかったのだとか。

「結局、最下位は閣下となりました。圧倒的な強さ……弱さでしたよ。太刀打ちできませんでした」

端から見ればなんとも馬鹿らしいが、レオノーラは衝撃で言葉を失っていた。

ザカライアは嘘を吐いていなかった。恋人である自分を守るために、罰ゲームを負け取ったのだ。

ジョナサンは苦笑しつつ頭を掻いた。

「以前社交界で閣下が内密で夫人と交際していたと聞いて納得がいきました。……閣下はあなたが他の男に口説かれるなど冗談ではなかったんでしょうね」

今となってはいくら若気の至りとはいえ、とんでもないことをしでかしたと後悔しているという。

「今思えば何も言わずにゲームに参加したのも閣下の配慮だったのでしょう。ゲームを無理に止めようとすれば、なぜそんなにムキになるのかと、あなたとの関係を邪推されたかもしれない」

粋な止め方がいかにもザカライアらしかった。

「主催者はあなただったの？」

「いいえ。私は主催者に誘われた身です」

「一体誰がこんなゲームを思い付いたの？」

「それは――」

レオノーラはその人物の名を聞いて言葉を失った。

＊＊＊

卒業式後六年目にして知った真実にレオノーラは動揺していた。

なぜザカライアは教えてくれなかったのかを問《と》い質《ただ》さなければならなかった。

ところが、今日は一日在宅のはずのザカライアは、緊急の用事だからと国王に呼び出され、タウンハウスのどこにもいなかった。

メイドはザカライアから言付けられたと、不在の事情を説明してくれた。

「領地近くの川で氾濫があったそうなんです。対策に協力することになったと」

一週間は戻れないのだという。

「そう。じゃあ、仕方がないわね」

真実は走って逃げていったりはしないが、待つだけしかできない現状がもどかしかった。

それにしてもと居間の長椅子に背を預ける。

どうしてそんな馬鹿げたゲームをしようとしたのか。

心を落ち着けようと、メイドにラム酒入りミルクを持って来させる。

すると、疲れていたのか眠くなり、その夜は早々にベッドに入った。

メイドが慌ててやって来たのは翌朝のこと。急ぎの用事があるのだという。

「奥様、朝速く申し訳ございません」

「いいのよ。そろそろ起きなくちゃと思っていたから」

「電報が届いておりまして。至急読んでほしいとのことです」

封筒に入った手紙を手渡される。

差出人名が印字されていない。

「……?」

メッセージの文面を見て目を見開いた。

『ローズヲ　アズカッタ。カイホウシテ　ホシケレバ　シテイノ　ジカンニ　シテイノ　バショニ　ヒトリデ　コイ。ジュウマン　パウンドヲ　ヨウイシロ』

指定の時間は明日の夕方。場所は王都最寄りの港町になっている。

これは誘拐の脅迫文ではないか。しかも、十万パウンドなどという、信じられない額の身代金を要求されている。

「ローズが誘拐された……⁉」

ローズは賢いだけあり、用心深い娘だ。そう簡単に誘拐されるはずがない。

しかし、悪戯だと断じるには妙な胸騒ぎがしてならなかった。

「どうなさいました？」

「すぐに馬車を用意してちょうだい。行き先はステイズ通り」

すぐさま侍女を連れてローズの下宿先に向かう。時々お土産を渡しているからか、大家は快くレオノーラを迎え入れてくれた。

「大家さん、すみません。ローズはいませんか？」

「さっき出掛けるって言って出て行ったけど」

「どこへ？」

「街へ買い物に行くって」

随分ウキウキしていたのだという。

「……誰か一緒にいませんでしたか」

「いや、一人だったねえ。だけど、待ち合わせをするって言っていたから、誰かと会うのは間違いないと思うよ」

その待ち合わせをした人物が誘拐犯、あるいはその手下なのだろう。

レオノーラは大家に礼を述べ続いて郵便局に急いだ。領地のノースウッドにいるはずのザカライアに電報を入れる。

『ローズガ　ユウカイサレタトノ　キョウハクジョウガ　トドイタ　イソギ　オウトヘ　モドルヨウ』

この脅迫状が本物なら早急にローズを助け出さなければならない。となると、女一人ではまず無理なので、ザカライアの協力が必要になる。

だが、川の氾濫の対策となれば、さすがに今日王都に戻るわけにもいかないだろう。

それまでは時間稼ぎをしなければならない。

どう動くべきかを悩み、ひとまず屋敷に戻ると、また電報で新たな脅迫状が届いていた。

『ノースウッドコウシャクヤ　コクオウニ　コノケンヲ　ハナセバ　ローズノ　イノチハ　ナイトオモエ』

「……っ」

もう遅い。ザカライアには知らせてしまっている。

この犯人は自分の行動パターンをよく知っている。恐らくまったくの赤の他人ではない。

一体何者だと首を傾げていると、また緊急で電報が届けられた。

「奥様、また電報です」

やはり犯人からで今度はこう印字されていた。

『ヤクソクノ　ジカンマデニ　カネヲ　ホウセキニ　カエテオケ』

なるほど、現金では足が付きやすいので要求を宝石に変えたのだろう。

とにかく今すぐにでも金を手にしたい、そんな犯人の焦りが見える気がした。

一体なぜそうも焦るのかと首を傾げる。

何かのっぴきならない事情があるのだろう。そういえば犯人の指定した場所は港だったと思い出す。

「あっ……」

海外行きの客船は夕暮れまで出港している。宝石を持ってそこから高飛びをするつもりではないか。

ローズを誘拐し、今すぐ金を寄越せと脅迫するほどなのだ。一体何にそこまで追い詰められているのか。

「ああ……もう、頭が痛いわ」

教育ならどんな問題でもドンと来いと言えるが、探偵役は初めてなのでうまく推理できない。しかし、ローズの命が掛かっているのだから、役目を放棄することなどできなかった。

疲労感に居間の長椅子に腰を下ろす。

「……あら？」

机の上に置かれた新聞が目に留まる。日付は昨日のものだった。

ザカライアもレオノーラも毎朝居間で新聞を読む習慣がある。昨日の分はまだ読んでいなかったので、メイドが気を利かせて取っておいてくれたのだろう。

ニュースにたいした記事はない。王立公園の湖が寒さで凍り付いただの、蒸気機関車に続いて蒸気四輪車が開発されただの、国王の第一王女とフロリンの王太子の結婚が決まっただの。

だが、昨今珍しいニュースではないが、レオノーラが無視できない記事が一つだけあった。

『名門貴族ハーバート侯爵家、破産する！』

ハーバート侯爵家の現当主はオリヴァーだったはずだ――。


――王都最寄りのフィリー港は貿易港と客船用の港を兼ねているため、ひっきりなしに大型船が入港し、また出港し、一年を通して賑わっている。

日が暮れかけても、どのレストランも宿屋も売店も、必ず客が入って賑わっていた。

なるほど、ここなら人の出入りも多い分、お尋ね者やならず者も紛れ込みやすい。

犯人はよく考えたものだといっそ感心しつつ、レオノーラは宝石の詰め込まれたバッグを手に、たった一人で指定された場所に向かった。

そこは港町の片隅にある宿屋で、どうも倒産し、経営者が夜逃げしたらしかった。三階建てになっており、一階部分が食堂兼酒場、二階、三階部分が客間となっている。

脅迫状には二階の二〇一号室に来いと書かれていた。

腐りかけの木製の取っ手を押す。耳障りな軋む音がし、頭上からパラパラと埃《ほこり》が零れ落ちた。

カーテンが閉められているのか、中は薄暗く目を凝らさなければならない。

窓辺に置かれた萎《しお》れた花の生けられた花瓶や傾いている椅子、きちんとシーツが整えられたベッドに妙な生々しさがあった。どの家具も埃まみれでかび臭く、深く息を吸い込むと噎《む》せ込みそうだ。

「……言われたとおり一人で来たわよ」

宝石を入れたバッグを差し出す。

「ローズはどこ？　怪我《けが》してないでしょうね」

もう殺されているのではないかと戦々恐々としていたが、「安心しろよ」と聞き覚えのある声での返事に胸を撫で下ろした。

「ちゃんと生きているよ」

「本当ね。どこなの？」

「まずは、宝石を渡せ。こちらに投げろ」

「遠慮しないでオリヴァー。私が持っていくわよ。そんなに信用できない？　……学生時代、ずっと友だちだったのに？」

薄暗がりのでオリヴァーが答える。

「……男と女に友情なんてないって言ったろ」

オリヴァーは最後に会った時と比べると、随分げっそりしていて頬がこけていた。顔の手入れもしていないのか無精ヒゲが生えている。いつもそれなりの身なりをしていたのに、平民どころか乞食《こじき》のようなボロボロの上着とズボンだった。

ハーバート家は多額の借金を抱えて破産したと聞いている。借金の取り立てから逃げ回る間に人相まで変わってしまったのだろうか。

「んー！　んんー！」

若い女性がもがく声に我に返る。

ローズだった。

両手両足をロープで縛られ、部屋の隅に転がされている、

「ローズ！」

思わず駆け寄ろうとして、「動くな」と威嚇される。

「動くと撃つぞ」

「……っ」

冷や汗が背筋を流れ落ちる。

オリヴァーの手には薄暗がりでも鈍く光る金属の塊が握られていた。見たこともない形をしている。

オリヴァーがニヤリと笑う。

「こいつは拳銃といってね。試作品だがたいしたものだ」

オリヴァーが床に向かって一発撃つと、耳障りな小さな音とともに穴が空いた。

「……っ」

「人殺しにはもってこいだ」

その威力に思わず息を呑む。床すら打ち抜いてしまうなら、人体など簡単に破壊できてしまうだろう。

「どうして、そんなもの……」

「ハーバート家を継いでから結構あちこちに投資したんだけど、その中に死の商人って奴がいてね。時々試作品を提供させていたんだ」

死の商人――つまりは武器の製造、売買を担う企業のことだろう。

「唯一成功した投資だったな。まあ、借金を返すほどのリターンにはならなかったが」

「……どうして」

レオノーラはやっとの思いで声を出した。

「どうして、こんなことをするの」

レオノーラの知るオリヴァーは、明るくノリがよく気の置けない友人で、一見ちゃらんぽらんに見えるが、なんだかんだでやるべきことはやる男だった。

なのに、なぜ道を誤ってしまったのか。

「そんなことはどうでもいい。とにかく、宝石を渡せ」

「……っ」

やりきれない思いを噛み締めつつバッグを放り投げる。床に落ちた途端蓋が開いて、中からルビーの指輪に真珠のネックレス、ダイヤモンドのイヤリングが零れ落ちた。

うち一つを指先で摘《つ》まみ上《あ》げ、オリヴァーがぴゅうっと口笛を吹く。

「さすがノースウッド公爵家。どの石も一級品だな」

「……早くローズを返して」

「まあまあ、レオノーラ。まだ時間はあるんだ。ちょっと話をしないか」

時間とは高飛びをするための客船の出航の時間だろうか。

「……なんの話をするって言うの」

「あんたは聞きたいはずだ。学生時代、俺は嫌われてはいたけど、あんたみたいに嫌がらせはされていなかったんだよ。なぜだと思う？」

いくら頭を捻っても答えがわからない。

レオノーラの戸惑いが面白かったのか、オリヴァーはまたニヤリと笑った。

「初めは気取ったお坊ちゃま連中の靴を舐めるくらい媚びたさ。で、油断させて弱みを握ってやったんだ」

平民の遊び相手の娘を孕《はら》ませた、娼館通いで仕送りをすべて貢いでしまい、困り果てていたところで金を貸してやった、レポートを書けずに頭を抱えているところを代筆してやった――。

「……弱みを握ったのね」

「その通り。どいつも俺を見下していたから、すっかり油断していて簡単だったさ」

なのに、ザカライアだけはなんの問題もなかったのだという。

「有り得ないだろう？　誰にだって知られたくないことの一つや二つあるはずだ。なのに、あいつはどこにも欠点がなかった」

躍起になって自分から調べに行っても、後ろ暗いところは見つけられなかった。

「まさか、ザックと友だちになったのもそのためだったの？」

「当たり前だろう」

陥《おとし》れるために友人になろうとする――レオノーラには理解できなかった。

「ザックはあなたに嫌がらせなんてしなかったでしょう。あなたを対等の友人として扱おうとしていたはずだわ」

その公平かつ平等をよしとする精神を、レオノーラは誰よりもよく知っている。ザカライアは当時まだ珍しい大学に通う女学生であっても、決して見下さず対話しようと試みていたのだから。

オリヴァーがフンと鼻を鳴らす。

「あいつが優しいのも、物わかりがいいのも、所詮恵まれた環境にいたからさ」

確かにそうかもしれない。

「でも、身分や血筋で人に見上げられる立場にいても、それに甘んじようとしなかったのは、あの人がそうありたいと願って努力してきたからよ」

そう、ザカライアは決して生まれ付き人柄がいいわけでも、天才でもないと、かつて恋人だったレオノーラは実感していた。

「あの人ね、毎日ずっと夜遅くまで勉強していたわ。自分は物覚えがよくないから、努力するしかないんだって」

それで主席を維持していたのだから恐れ入る。

「課題ができなかった時には、私に質問することもあったのよ。それも、頭を下げてよ。五つも年下の女によ？」

他の王侯貴族出身の男子学生なら、女に力を貸せと頼むなど、プライドが邪魔してできなかっただろう。

ザカライアがいつか言った一言を思い出す。

『私は勉強では一生君に敵わないと思う。君は教科書を読めばすぐに理解できるだろう。私は百回読んで、こうして教えてもらってやっとわかる程度の頭さ。だから、努力だけは誰にも負けないようにしたい』

あの頃のザカライアの真っ直ぐな瞳を思い出し、なぜか泣きそうな気持ちになった。

「……ザカライアはあなたに対しても対等な友人として接していた。違う？」

そして、もう一つの疑問をぶつける。

「あなたこそ私を見下していたんじゃないの？　だからあんなにひどい罰ゲームのチェス大会を開いたんでしょう」

先日、休暇中の大学でジョナサンに遭遇した際、罰ゲームのあるチェス大会の発案者かつ主催者は、なんとオリヴァーだったと打ち明けられていた。学生時代からの男友だちに裏切られていたと知った、あの時のショックは今でもありありと思い出せる。

罰ゲームだけではない。今までレオノーラが受けていた嫌がらせも、噂を広めたのも、後半の一部はオリヴァーが裏で主導していたと聞いていた。

「私の何が気に入らなかったの。私はあなたを信じていたのにっ……きっと、ザックよりも」

レオノーラは友人としてのオリヴァーが、クラーラと同じくらい好きだったのだ。

オリヴァーが穴の空いた床を見つめたまま「……違う」と呟く。

「気に入らなかったんじゃない。……前も言っただろう。俺はあんたが好きだったんだ。多分、初めてザックにあんたを紹介されたあの日から、ずっと」

一番理解し合える異性だと思っていたと。

「でも、あんたは俺に全然気がなかっただろう」

だから、追い詰めて自分を頼ってほしかったのだと。必ず自分のもとに助けを求めに来ると確信していたと。

ところが、レオノーラは予想以上に精神力が強かっただけではない。最終的に男に頼りはしたものの、頼った先はザカライアだった。

「嘘だろ？　って思ったよ。ザックはあんたに落ちても、あんたはザックに落ちないって思っていたからな」

「昔は絶対に私も落ちるって言っていなかった？」

「……ああ言っておけばあんたはムキになって、絶対にザックに靡《なび》かないと思ったから……」

なるほど、さすが性格の傾向が似ているだけあって、オリヴァーはレオノーラをよく理解していた。

「チェスの大会だってあんたを手に入れたかったからだ。……堂々とあんたを口説きたかったから」

なのに、ザカライアの横槍《よこやり》が入った。

「おかしいと思っていたんだよ。あのザックがあんなにムキになるなんて」

オリヴァーはザカライアはレオノーラが好きだとは気付いていたが、まさかすでに愛を打ち明けて、付き合っているとは思っていなかったのだという。

「あのザックの態度……自分の女を取られたくない男のものだった」

それでザカライアとレオノーラの関係に気付いたと。

「とんだピエロだよなあ。俺が必死になってあんたの口説き文句を考えていた時、あんたはザックに抱かれていたってわけだ」

「だから、あの怪文書を私に送り付けたの？」

こちらの性格を恐らくザカライアよりも把握しているオリヴァーは、レオノーラがザカライアを誤解するだろうとわかっていて、あんな手紙を寄越して仲を引き裂こうとしたのだ。

「なあレオノーラ、あの時、ザックを信じ抜くって選択肢もあったんだぜ。でも、あんたはそうしなかった。裏切られているかもしれないって知った時、あんたは傷付いただろうがほっとしもしなかったか？〝やっぱり王侯貴族の男なんて信用ならない〟って考えを変えなくてよくなるからな。そっちの方が楽だから」

悔しかったがレオノーラには返す言葉がなかった。

「うまく別れてくれて一時期は有頂天にもなったし、ざまあみろとも思ったよ」

その後レオノーラを慰めることで、ザカライアに取って代わるはずだった。

ところが、レオノーラは地方の女学校に引き籠もってしまい、オリヴァーも手出しができなくなってしまった。

更に四年後、ザカライアが資金援助の手を差し伸べたことで、結局二人は元の鞘《さや》に収まってしまったと愚痴る。

「俺だってあんたのヒーローになりたかったさ。でも、知っての通りハーバート家の財産は親族の爺どもに牛耳られていて、俺にあんな大金は用意できなかった」

オリヴァーは当主でありながら、権限を行使できない腹いせと、金を作るために、大分前から投資と賭け事に使える金を費やしていた。

しかし、初めはうまくいったものの、すぐに儲けどころか元金がなくなって借金をする羽目になり、あとは転げ落ちるように破滅していったのだという。

借金は瞬く間に膨れ上がり、やがてハーバート家の財産でも、到底精算しきれない金額になっていた。

「あの時金を出したのが俺だったら、あんたは俺に落ちてくれたかい？」

レオノーラは溜め息を吐いて首を振った。

「……オリヴァー、あなたは全然わかっていないわ」

爪が食い込むほど拳を強く握り締める。

「そうなったとしても、私は断っていたと思う。……ザックだから受け入れられたのよ」

なんとかオリヴァーにザカライアの真心を届けようとして訴える。

「ザックはね、あのチェス大会をあなたが開催したんだって、私があの人を誤解して別れる原因になっても、絶対に言おうとしなかったのよ」

オリヴァーの褐色の瞳が大きく見開かれる。

「……私があなたを大好きだって知っていたからよ。私も私の中の友だちとしてのオリヴァーも傷付けたくなかったから……。ザックはあなたの分も悪者になったのよ？　なのに、全部一人で抱えようとして……」

それでもなぜ言ってくれなかったかという憤りと、ザカライアが優しかったからこそだという理解が、渾然一体《こんぜんいったい》となって胸の中をグルグル回りまた泣きそうになってしまう。

「なぜそんなことをしたのかって、あの人もあなたを友だちとして大好きだったのよ。なのに、こんな……」

オリヴァーはレオノーラの言葉に呆然としていたが、やがて「……もう遅い」と唸って拳銃をローズの頭に突き付けた。

「なっ……何するのっ⁉」

「もう我慢するのは止めた。レオノーラ、俺と一緒に来るんだ。じゃないと、このガキを殺す」

引き金がカチリと引かれるのを息を呑んで見守る。

「やっ……止めてっ……わかった。わかったわ！　一緒に行くから！」

ローズの命には換えられない――覚悟を決めてオリヴァーの手を取ろうとしたのと、ローズがいつの間にか足のロープを解いて立ち上がり、オリヴァーに体当たりを仕掛けたのがほぼ同時だった。

「ぐわっ」

腹部に頭突きをされオリヴァーが俯せに倒れる。

ローズは手からこぼれ落ちた拳銃をすかさず部屋の隅に蹴った。口元に巻き付けていた布を剥《は》ぎ取《と》って叫ぶ。

「先生！　逃げよう！」

ローズはレオノーラがオリヴァーと話している最中に、オリヴァーが油断しているのを利用して、割れていた床板で手足のロープを削り、ついに力尽くで切ってしまっていたらしかった。

「待てっ……！」

ローズとともに全速力で階段を駆け下りる。途中、拳銃の発射される音とともに、足下に穴が空いたのでヒヤリとした。

「……逃がすものか」

階段から地獄の底から響くような声が聞こえる。

オリヴァーの執念にぞっとしつつも、足を止めるわけには行かなかった。

あと三メートル、二メートル、一メートルで出入り口だ。

ところが、扉を開け放った途端に、目の前に何人もの男の影が立ち塞がったので、一瞬オリヴァーの手下なのだと思い込んで絶望した。

思わず隣にいたローズを抱き締める。

「おっ……お願い。どうかローズだけは……！」

「レオノーラ⁉」

聞き間違えるはずのない、愛おしい声で名を呼ばれて目を見開く。

ザカライアだった。

従者や数人の護衛とともに助けに来てくれたのだ。

――間に合った。

電報で指定された時間と場所も伝えておいてよかったと胸を撫で下ろす。

緊張が一気に解けてその場に崩れ落ちそうになるところを、ザカライアがすかさず腕を伸ばして支えてくれた。

更に階段を駆け下りてきたオリヴァーを睨《ね》め付ける。

オリヴァーは褐色の目を大きく見開いた。

「ざ……っく？」

「銃を放せ」

いつの間に手にしていたのか、ザカライアはレオノーラを左手で胸に抱きながら、右手で拳銃を構えてオリヴァーの心臓に焦点を当てていた。

ザカライアだけではない。従者も護衛も同じ拳銃を手にしている。

「……そっちは試作品じゃなさそうだな」

オリヴァーは溜め息を吐いて拳銃を地面に落とした。カランと乾いた音が埃っぽい玄関前に響く。

「拘束しろ」

ザカライアがそう命じると、従者と護衛が両手を挙げるオリヴァーを、左右背後から素早く縛り上げた。

「残念だ、オリヴァー……」


その後の事件の後処理はかなりごたついた。

犯人の――オリヴァーの身柄を警察に引き渡し、警察に経緯を説明するため、ローズともども王都の警視庁に何度も足を運んで事情聴取を受けと大忙しだった。

その間に聖ブリジット女学校の理事や、新学校設立の仕事もしっかりあるので、まさしく寝る間も惜しんで働いた。

ようやく事件の全貌が判明するまでには実に数ヶ月以上掛かり、その頃にはすでに大学構内のあのアーモンドの花も満開になっていた。

今回の誘拐未遂事件の被害者の一人になったからだろう。事件担当の二人の刑事がノースウッド家のタウンハウスに説明に来てくれた。

「――クラーラがローズを誘い出した……？」

レオノーラは衝撃的な事実に目を瞬かせた。ショックで一瞬頭がくらりとし、長椅子に倒れ込みそうになったところを、ザカライアがすかさず手を伸ばして支えてくれる。

何を告げられても冷静に受け止められるようにと、もっとも落ち着く居間で話を聞くことにしたのだが、いくらリラックスできる場所でも限界があるようだった。

年配の刑事が「失礼」と断って、テーブルに置かれたお茶のカップを手に取る。

「クラーラさん……ブルーム夫人がハーバート容疑者に頼まれ、ローズさんを下宿先から連れ出したようです」

「なぜクラーラがそんなことを……。オリヴァーに脅迫されたんですか？」

「いいや、オリヴァーに話を持ち掛けられはしたものの、自分から進んで犯行に加わったと自供しています」

刑事は「順を追って話しますね」と、事件の発端からわかりやすく説明してくれた。

「ハーバート容疑者は賭け事や投資の失敗により借金で首が回らなくなり、初めは公爵夫人、あなたの金山を掠《かす》め取《と》ろうとしていたそうです」

ああ、だからあの山を買い取ると申し出てきたのかと、レオノーラはぼんやりと思い出す。

「大分前からあの金山に目を付けていたようですね」

つまり、オリヴァーがザカライアの手下だと断言していた謎の調査隊は、オリヴァーの関係者だったということなのだろう。

「ですが、計画は失敗し、結局金山は国王陛下と公爵、夫人で権利を三分割することになった」

その頃にはハーバート家にも借金取りが毎日訪れ、めぼしいものを片っ端から持ち出して行ったのだという。屋敷の権利書も、宝飾品も、調度品も、住み込みの召使い向けの食器もだ。

「親族もこれは堪らないと散り散りになってしまったようです」

それでもまだ元金の回収には至らないと、借金取りたちはオリヴァーを追い詰め、結果オリヴァーは高飛びを考えた。

「最後に夫人を頼ったのは、なんだかんだで夫人はお優しく、最後には金を貸してくれると踏んだからだそうですよ」

詐欺の計画など立てずに正面から申し込まれていれば、確かに昔の友だちのよしみだからと、金くらいは貸していたかも知れなかった。

「駆け落ちを強要したのは……まあ、公爵夫人に惚れていたからでしょうな」

刑事は気まずそうにお茶をずずずと啜《すす》った。

「それでは、クラーラはなぜ犯罪に加担するような真似を……」

「実は、その件で公爵夫人にお願いしたいことがございまして」

クラーラは現在従犯の容疑者として留置所に収容されている。

名家の令嬢であり、資産家の妻であり、何不自由なく育ったクラーラにとって、犯罪者の烙印《らくいん》を押されるのは、死ぬより辛いことなのかもしれない。看守が入れ替わり立ち替わり見張っているので、現在のところ自殺は食い止められているが、代わりに水も食事も口にしないのだという。

「黙秘を貫いて何も証言しようとしません。これでは起訴も裁判も進みません」

そこで、レオノーラと話し合いの場を設けるので、何があったのかを聞き出してくれないかと刑事は頼んだ。

「でも、クラーラは私の教え子を誘拐したんですよ。……私に教えてくれるとは思えないのですが。主人ではいかがでしょうか」

「いいえ、ブルーム夫人は公爵夫人をお望みなのです」

クラーラは何がほしいのかと尋ねられると、「レオノーラに会って話したい」と望んだのだとか。

「クラーラが……?」

「ええ。あなたにしか話せないことがあるのだと思います」

学生時代のクラーラの遠慮がちな微笑みを思い出す。あの頃の友情が偽物だとは思いたくなかった。

「……かしこまりました」

レオノーラは顔を上げて刑事の目を真っ直ぐに見つめた。

「クラーラに会わせてください」


容疑者との面会は穴の空いたガラスの窓越しに行われる。

こんな形でクラーラと会いたくはなかったが、真実を知るためには仕方なかった。

レオノーラが時間通りに面会室を訪れると、もう窓の向こう側でクラーラが待機していた。

貴族ということで多少配慮されているのだろう。清潔なブラウスを着ていたのでほんの少しだがほっとした。

とはいえ、食べていないからか痩せて顔色が悪い。ただでさえ儚げな容姿なのに、今にも空気に溶けて消えてしまいそうなほど弱々しかった。

「レオノーラ……来てくれてありがとう」

昔よく見た微笑みを浮かべる。

「ううん。いいのよ。具合が悪くなったらすぐに言ってね」

レオノーラは面会室の椅子に腰掛け、「話って何？」とできるだけなんでもない風に尋ねた。

「頼みたいことならなんでも言って」

「……違うの。たくさん謝らなくちゃいけないことがあるの」

クラーラは唇を噛み締めて俯いた。

「ローズさんを危険な目に遭わせてごめんなさい……あの廃墟《はいきょ》にローズを連れ出したと語った。

クラーラはオリヴァーに頼まれ、あの廃墟にローズを連れ出したと語った。

「あなたへのプレゼントを買おうって誘ったの。そうしたら私のことを信用して……」

レオノーラはローズに大学生活について尋ねられた際、昔世話になった親友としてクラーラの名を何度か挙げていた。

なるほど、ローズが警戒せずについていくわけだと納得する。

「わ、私、オリヴァーがあなたに何をするつもりなのかを全部知っていたの。で、でも、止めようなんて思わなかった。……あなたが消えてしまえばいいと思ってしまった」

レオノーラは長年の親友の言葉を受け止めようと、ショックを押し殺して「それで？」と続きを促した。

「クラーラはどうして私に消えてほしかったの？」

「私……」

クラーラは大きく溜め息を吐いた。

「……ずっとあなたが羨ましかったの」

レオノーラはみずからの足で力強く立っていて、やはり自力で夢を次々と叶えていく。その姿は眩しく正視できなかったと。

「私は……私はお父様とお母様に守られなければ何もできなくて……。夫にも何も任せてもらえなくて……」

クラーラは夫に「君は何もしなくていい」と言い聞かせられていた。「ただ僕の帰りを屋敷で待ってくれさえすればいい」とも。

「私はブルーム夫人でなければ誰にも認めてもらえない……。誰も私自身を見てくれない……。それが悲しかった」

そして、そんな自分を変えられもしない。

クラーラはレオノーラのようになりたかったと呟いた。

「あなたみたいに強くなりたかった。それでも……それでも、あなたがザカライア様と結婚しなければ、まだ我慢できた」

泣いているような、笑っているような悲しげな目になる。

「ねえ、私、昔ザカライア様と一度だけデートしたことがあるでしょう」

レオノーラは「そういえば……」と記憶を辿った。確かザカライアに頼んだ気がする。

「私ね、最後にザカライア様に告白したのよ。もちろん、振られてしまったんだけど……その時ザカライア様はなんて答えたと思う？」

「ええっと……」

考えても、考えても想像できなかった。

「〝ありがとう。でも、君の気持ちに応えることはできない。私には好きな女性がいるから〟ってそう言ったのよ。……すぐに誰のことなのかわかったわ」

ザカライアは初めからレオノーラしか見ていなかったからだと。

「でもね、私、ザカライア様とあなたが結ばれるだなんて思っていなかった」

ザカライアは王弟にして公爵。レオノーラは没落貴族令嬢。従来であれば結ばれるはずのない二人だった。

「でも、ザカライア様はあなたの地位や身分なんてどうでもよかったのよね。……あの人って努力家でしょう。諦めるなんて言葉は辞書になかったのよ」

レオノーラがザカライアと結婚式を挙げたあの日、クラーラはすべてを手に入れたレオノーラが、どうしても許せなくなったのだと打ち明けた。クラーラ自身は好きでもない男と結婚させられたのにと。

「だって、私には何もないのに。結婚なんて嫌だって言う勇気すらなかった」

みずからの弱さを認めることもできなかった。

「……きっと夫には犯罪者の妻なんていらないって離婚されるわ。お父様とお母様も私を受け入れてくれるとは思えない」

きっと勘当され独りぼっちになってしまうと泣き出す。

「私、なんてことをしてしまったの。ローズさんは……人を信用できなくなるかもしれない。あなただって……」

「もう、お馬鹿さんねえ、クラーラ」

レオノーラは微笑んでガラスにコツンと額を当てた。

「ローズも私もそんなにヤワじゃないわよ。没落貴族や平民を舐めないでちょうだい。寸借詐欺みたいな詐欺なんて日常茶飯事よ」

ローズは強い娘だ。放っておいても立ち直るだろう。何せあの状況で一人で拘束を解き、オリヴァーに頭突きを喰《く》らわせたほどなのだから。

「で、でも……」

「ねえ、クラーラ、この際だから私も告白しちゃうわね。私もずっとあなたが羨ましかったわ。……眩しかった。……多分セリアもそうだったんじゃないかしら」

クラーラが涙に濡れた目を見開く。

「私、あなたみたいな女の子になりたかったの。女の子らしくて、綺麗で、素直で、あなたが大切だからこそ厳しくしてくれる家族がいて……」

それらはレオノーラがどれだけ望んでも決して手に入れられないものだった。

「今もそうよ。私が女性らしくなるなんて到底無理。それに……あなたのご両親があなたを見捨てるなんて思えないわ。ご主人もよ」

レオノーラがクラーラから聞かされた彼女の両親は、彼女を愛しているがゆえに少々過保護な両親そのものだった。

クラーラの夫を結婚相手に選んだのも、家のためだというよりは、娘に何不自由のない暮らしを送らせたかったからだと感じた。

クラーラの意に染まぬ結婚だったのは不幸だったが、罪を犯したからと言って見捨てるような父母には思えない。

「そう、かしら……」

「そうよ。私たち、友だちでしょう？　信じなさいよ」

クラーラはくしゃりと顔を崩した。

「私……馬鹿だった。あなたのことも自分のことも何も知らなかった……」

レオノーラはガラスにそっと当てた。クラーラも同じところに手を重ねる。

「クラーラ、私たち、もう一度やり直しましょう？」

クラーラは涙で声が出ないのだろう。答えの代わりに何度も、何度も頷いた。

その後の裁判の結果、オリヴァーにはローズ誘拐とノースウッド公爵夫人誘拐未遂の罪で、懲役十年の判決が下った。

最終的に双方とも怪我がなかったため、貴族も巻き込んだ事件にしては比較的罪が軽く済んだ。これには被害者のレオノーラが情状酌量を嘆願したからでもあった。

クラーラは事件に加担していたものの、夫の付けた弁護士が遣り手《やりて》であったことと、本人が後悔し、反省していることで、懲役二年執行猶予三年という結果になった。

こうして裁判が結審して一ヶ月後、クラーラは保釈され、ようやく留置場暮らしから解放されることになった。

その日レオノーラはザカライアを連れて、建物の影からこっそりクラーラを見守っていた。クラーラが警視庁本部の玄関まで出てきて、付き添いの警察官に深々と頭を下げるのを見守る。

「クラーラのご主人、迎えに来てくれるかしら……」

面会では自信満々に両親も夫もクラーラを見捨てない、保証するとまで断言したが、あくまで個人の見解によるものでしかない。あの時には友人を励まさなければと必死だった。

もし誰も迎えに来ないようであれば、責任を取ってクラーラを引き取り、今後の生活の目途を立てる力を尽くすつもりでいた。

「ああ、胃が痛いわ……」

隣にいたザカライアがくすくすと笑う。

「相変わらず勉強と人のためには必死になれるんだね」

「もう、これは私自身のためよ。不安を解消するためでしかないの」

「そんな意地っ張りな君も愛しているよ」

「もう、こんなところでそんなこと言わない……」

レオノーラは思わず手を伸ばしてザカライアの口を押さえた。

「ふぁ、ふぁんだい。ふぁにがあっふぁんだい」

大通りの警視庁本部側に一台の馬車が停まる。

クラーラが驚いたようにその場に立ち尽くしている。

馬車から降りた中年の紳士は器用に通行人の間を縫い、クラーラの前に立った。腰を屈めて何かを囁いている。

クラーラが涙ぐんでいる。

やがて互いに手を伸ばすと、そのまましばらく抱き合っていた。

きっとこの二人はもう大丈夫だ。

「レオノーラ、帰ろうか」

ザカライアに肩を叩かれ我に返る。

「……ええ、そうね。私たちも帰りましょう」


その夜、二人はベッドの中で抱き合い、互いの温《ぬく》もりを確かめ合った。

「オリヴァーも模範囚でいれば刑期は短くできるだろう」

「借金はどうなったの？」

「侯爵家の領地をすべて売り払って返済したそうだ。けれど、それで無一文になったと訊いている。出所したら裸一貫でやり直すことになるが、それくらい当然だな」

ザカライアにしては厳しい見解だった。

「あなたには珍しいわね」

「……当たり前だ。いくら友人だとしても、許せることと許せないことがある」

自分になら何をしても構わないが、レオノーラに手を出そうとしたことだけは許せない――ザカライアはそう言い切った。

「チェス大会でのオリヴァーの所業を黙認していたことも後悔している。……君に危険が迫るまで私は皆に公平でいたいと思っていたんだ。……オリヴァーの気持ちも理解できたから」

だが、レオノーラの夫となり、家庭を持った今となっては、まず妻を第一に考えなければならなかったのだと呟く。

「あら、残念ね」

レオノーラはザカライアの首に手を回しながらにっと笑った。

「私、そんなあなただからこそ好きになったのに」

「……そう言われてしまうと困るな。でも、もう無理だ。愛とは不公平なものだと知ってしまったからね」

ザカライアはレオノーラの頬に口付けた。

「じゃあ、私たちの間にこれから子どもが生まれたらどうするの？」

ザカライアはしばしうーんと唸った後、「愛が二倍になる」と微笑んだ。

「二人産まれたら君と合わせて三倍に、三人産まれたら四倍だ」

「素敵ね」

二人揃ってゆっくりとベッドに押し倒され、互いの目を見つめ合ってなんだかおかしくなりくすくす笑い合う。キスをするタイミングも自然と同じになった。

唇を重ね合わせ、離し、互いの存在を確認してまた重ね合わせる。言葉になり切れない愛情を口付けに託し、何度も、何度も。

ザカライアの愛を注ぎ込まれたからか、次第にレオノーラの全身が火照っていく。

「あ……ン」

ドレスの布地越しに乳房を触れられると、それだけでもう感じてしまった。

レオノーラの大好きな、男性らしい骨張った大きな手が、軟らかな肉の塊を鷲掴みにする。十本の指の先で刺激されるとはあっと喉の奥から熱い息が漏れ出た。

だがそれも乳房の頂を咥《くわ》えられた時ほどの衝撃は与えなかった。

「やんっ」

鼻に掛かった甘い声が次第に快感にくぐもっていく。

唇でやわやわと食《は》まれ、かと思えばちゅっと音を立てて吸われて、その度にきゅんと腹の奥が切なく疼いた。

「あ……あ……ザック……」

「愛しているよ、レオノーラ」

ザカライアは身を起こしてレオノーラの頬に手を当てた。

鎖骨に唇を落としながらレオノーラの全身を丹念に愛撫《あいぶ》する。熱を持った乳房も、呼吸で上下する脇腹も、子宮を内包した下腹部もだ。

ザカライアの手はやがて足の間に至り、指先が潜り込んですでにしっとりとした花園に触れた。

「あっ……」

次の瞬間、もう片側の手も潜り込み、ぐっと足を割り開かれてしまう。ぱっくり開いたそこに視線を注がれ、レオノーラは羞恥のあまりいやいやと首を横に振った。

もう何度もザカライアに貫かれた箇所ではあるが、こうもまじまじ見つめられるのは耐えられない。

「や……ザック……そんな汚いのに……」

だが、ザカライアはまったく引かなかった。

「汚い？　私を受け入れ、いずれ命の生まれる神聖なところだろう」

言葉とともに指の一本がくちゅりと音を立てて内部に押し入る。潤ったそこは容易《たやす》く長い指を呑《の》み込《こ》んだ。

「君の中は深く、熱いな」

「……っ」

嫌らしい単語など全然無いのにまた恥ずかしくなってしまう。その羞恥心も快楽に溺れるレオノーラにとっては追加の媚薬《びやく》でしかなかった。

指が隘路を往復するごとに心臓の鼓動と血の流れが一層速くなる。視界が徐々に純白に染まっていき、更にもう一本の指を重ねるように中に入れられると火花が散った。

寒くもないのに強い刺激に全身が小刻みに震えている。だが、その震えもザカライアに覆《おお》い被《かぶ》さられて収まった。

「レオノーラ……」

名を呼ばれザカライアを見上げたが、涙で潤んでいるのかその美貌がぼやけている。だが、黄金色の双眸が欲情に燃えていることだけはわかった。

くちゅっと音がしていきり立った雄の証の頂が押し当てられる、

「あっ……」

これから種付けられる雌の本能的な恐れから体がビクリとする。その思いもぐっと最奥まで貫かれてしまうと脳裏で四散してしまった。

代わって腹の奥から快感が押し寄せてきて、その波に意識が飲み込まれそうになる。

だが、ザカライアが途中で動きを止めたことで、もどかしさに身を捩って訴えた。

「ざ……っくっ……」

途切れ途切れの声でザカライアを呼ぶ。

「ど……して、動いて、くれないのっ……」

「君から求めてほしくて……」

「も、お……意地悪っ」

ザカライアはなぜか罵られても嬉しそうだった。熱っぽい目でレオノーラを見下ろしながら腰に力を込める。

「我を忘れるのは君の前でだけだよ、レオノーラ」

「……あ！」

レオノーラは欲していたものをようやく与えられ、その白い背を限界まで仰け反らせた。

レオノーラはザカライアに抱かれながら思う。

近い将来子どもが生まれたら、記念に庭園にアーモンドか桜の木を植えようと思う。

一本、二本と木が増えて、毎年花を咲かせるたびに、家族が増える喜びとともに、あのバラ色の青春時代を思い出すはずだった。

エピローグ

ブリタニア王国初の男女共学校が設立されたのは、それから約四年後のこと。

開校式には母校の聖ブリジット女学校の校長を初めとして、母校や教育財団の理事長も駆け付けてくれた。

更に、なんとはるばる新大陸からセリアも出席してくれている。彼女には生徒たちの制服のデザインを頼んでいた。

「先生、ひっそりでって言っていたのに、結局大規模になっちゃいましたね」

今日からこの学校で教師を務めるローズが笑う。

「まあねえ。お祝いは大勢の方がいいって言うからいいってことにしましょう」

「──レオノーラ」

背後から何者かに肩を叩かれる。

「そろそろ理事長の挨拶だよ。急がなければ」

理事の一人になっているザカライアだった。

「ああ、もう今日は忙しいわね。……あら」

腹の中の子も喜んでくれているのか、足で元気よく肉の壁を蹴っ飛ばしている。

「先生、大丈夫ですか？」

「大丈夫、大丈夫。もう三人目だもの」

あれから長女、長男が続けざまに産まれ、カントリーハウスの庭園には桜の木とアーモンド木がそれぞれ一本植えられている。

次の子が生まれたらどちらの木を植えようか——そんな楽しい悩みを抱えながら、レオノーラは式典の会場である大聖堂へ向かった。

校庭の片隅には新たに植えられたアーモンドの木が秋の風に吹かれ、その青葉とたわわに実った木の実を爽やかに揺らしていた。

あとがき

はじめまして、あるいはこんにちは。東 万里央です。

このたびは「公爵閣下の復縁要請　没落令嬢ですが元カレ公爵に求婚されました⁉」をお手に取っていただき、まことにありがとうございます。


こちらの作品は同じくガブリエラブックスより出版の「結婚に愛は必要ですか？」と同世界同国の約九十年後の物語です。

ザカライアは「結婚に愛は必要ですか？」のヒロインとヒーローの曾孫に当たります。

実はガブリエラブックスの西洋風異世界ものはすべて同世界で起きた出来事です。

時系列としては「離縁されました。再婚しました。」→「濡れ衣を着せられまして」→「結婚に愛は必要ですか」→「公爵閣下の復縁要請」となっています。

「離縁されました。再婚しました。」から「公爵閣下の復縁要請」までは約二百年ほど経っています。

なんだか感慨深いです。

最後に担当編集者様。いつも適切なアドバイスをありがとうございます。おかげさまでなんとか仕上げることができました。

表紙と挿絵を描いてくださったＦａｙ先生。イケメンなザカライアと可愛いレオノーラを描いていただきありがとうございます。レオノーラの気が強く意地っ張りな性格がよく出ていて感動しました！

また、デザイナー様、校正様他、この作品を出版するにあたり、お世話になったすべての皆様に御礼申し上げます。


さて、もうすぐゴールデンウィークですね。今頃皆様はレジャーの準備に勤しんでいる頃でしょうか。私はのんびり映画鑑賞をしたいなと考えています。

それでは、またいつかどこかでお会いできますように！

東　万里央

ガブリエラブックスをお買い上げいただきありがとうございます。
東 万里央先生・Ｆａｙ先生へのファンレターはこちらへお送りください。

〒110-0016　東京都台東区台東4-27-5（株）メディアソフト
ガブリエラブックス編集部気付 東 万里央先生／Ｆａｙ先生 宛

gabriella books

MGB-113

公爵閣下の復縁要請
没落令嬢ですが元カレ公爵に求婚されました!?

2024年5月15日 第1刷発行

著　者　東《あずま》 万里央《まりお》

装　画　Ｆａｙ《ふぇい》

発行人　日向晶

発　行　株式会社メディアソフト
〒110-0016
東京都台東区台東4-27-5
TEL：03-5688-7559　FAX：03-5688-3512
https://www.media-soft.biz/

発　売　株式会社三交社
〒110-0015
東京都台東区東上野1-7-15
ヒューリック東上野一丁目ビル３階
TEL：03-5826-4424　FAX：03-5826-4425
https://www.sanko-sha.com/

印　刷　中央精版印刷株式会社

フォーマットデザイン　小石川ふに（deconeco）

装　丁　吉野知栄（CoCo. Design）

ISBN 978-4-8155-4339-6